Amour
et petits poissons

C'est grâce à un programme d'aide à la traduction du Conseil des Arts du Canada que les Éditions Pierre Tisseyre ont mis sur pied, en 1980, la collection des Deux solitudes, jeunesse, dans le but de faire connaître aux jeunes lecteurs francophones du Québec et des autres provinces les ouvrages les plus importants de la littérature canadienne-anglaise.

Ce même programme permet aussi aux œuvres marquantes de nos écrivains d'être traduites en anglais.

Déjà plus d'une trentaine d'ouvrages, choisis pour leur qualité, leur intérêt et leur originalité, font honneur à cette collection, qui fut, jusqu'à l'automne 1989, dirigée par Paule Daveluy et, depuis, par Marie-Andrée Clermont.

FRANK O'KEEFFE

AMOUR

ET PETITS POISSONS

traduit de l'anglais par
Michelle Robinson

ÉDITIONS PIERRE TISSEYRE
8925, boulevard Saint-Laurent — Montréal, H2N 1M5

Dépôt légal: 4e trimestre 1992
Bibliothèque nationale du Canada
Bibliothèque nationale du Québec

Données de catalogage avant publication (Canada)

O'Keeffe, Frank

[Guppy Love. Français]
Amour et petits poissons

(Collection des Deux solitudes, jeunesse).
Traduction de: *Guppy Love.*
Pour les jeunes.

ISBN 2-89051-498-6
I. Titre. II. Titre: Guppy Love. Français.
III. Collection.

PS8579.K44G8714 1992   jC813'.54   C92-096827-9
PS9579.K44G8714 1992
PZ23. O43Am 1992

L'édition originale en langue anglaise
de cet ouvrage a été publiée par
Kids Can Press, Toronto
sous le titre
Guppy Love, or, The Day The Fish Tank Exploded.
Copyright © Frank O'Keeffe, 1986

Illustration de la couverture :
Laura Fernandez

Copyright © Ottawa, Canada, 1992
Éditions Pierre Tisseyre
ISBN-2-89051-498-6
1234567890IML98765432
10668

COLLECTION DES DEUX SOLITUDES, JEUNESSE
format poche
directrice: Marie-Andrée Clermont

OUVRAGES PARUS DANS CETTE COLLECTION:

* Certificat d'honneur de l'Union internationale pour les livres de jeunesse, pour la traduction (IBBY).

COLLECTION DES DEUX SOLITUDES, JEUNESSE
grand format

OUVRAGES NON ÉPUISÉS DANS CETTE COLLECTION:

* Certificat d'honneur de l'Union internationale pour les livres de jeunesse, pour la traduction (IBBY).

*À la classe de 4e B de 1984-85
à l'école élémentaire Pine Grove,
à Edson (Alberta)*

1

Je suis tombée amoureuse pour la première fois, le jour où l'aquarium a explosé. C'était pendant la récréation. J'étais retournée à notre classe pour prendre un biscuit dans ma boîte à lunch. Personne n'était censé se trouver à l'intérieur pendant la récré par beau temps, mais il ne me faudrait qu'un instant pour chercher mon biscuit.

J'ai entendu l'explosion juste au moment où j'atteignais la porte de la classe. Kevin Windslow et Billy Pinchback sont sortis précipitamment, manquant me renverser, et se sont sauvés à toutes jambes dans le couloir.

Était-ce une bombe? Avaient-ils essayé de faire sauter l'école? Rien ne m'aurait étonnée venant d'eux. Depuis la rentrée, deux semaines plut tôt, ils n'avaient cessé de faire les quatre cents coups. Ils jouaient des tours aux élèves comme aux profs. Hier encore, mon amie Janet avait eu une mauvaise surprise quand sa flûte à bec avait émis des drôles de sons en classe de musique, et que Mlle Burton-Jones, la prof, s'était fâchée. Janet avait trouvé quatre des trous de sa flûte bouchés avec de la gomme à mâcher, et elle soupçonnait Kevin Windslow. Son pupitre était derrière le sien, et la flûte de Janet était suspendue dans son étui au dossier de sa chaise.

Janet, furieuse, avait dit: «Je le lui revaudrai ça, à cette grosse peste.»

J'ai risqué un coup d'œil par la porte. La salle était vide. Je suis entrée et j'ai tout de suite marché sur un éclat de verre. Quel désastre! Le plancher était inondé et une vaguelette se dirigeait nonchalamment vers la porte. Notre énorme aquarium avait éclaté, et ce qu'il en restait trônait, vide, sur la table à l'arrière de la salle. Il y avait du gravier vert-fluo éparpillé un peu partout comme des confettis.

Où étaient les poissons? J'ai cherché anxieusement des yeux les quatre petits guppys. C'était les seuls qu'on avait achetés jusqu'à présent. M. Martin avait installé l'aquarium seulement quelques jours auparavant, et on avait bien l'intention de s'en procurer d'autres.

Rien ne bougeait au fond des morceaux de l'aquarium, mais j'ai cru voir remuer quelque chose sous le pupitre de Jennifer Mason. J'ai ramassé le petit poisson, qui frétillait pitoyablement, au moment même où j'en apercevais un autre. Celui-là ne se débattait plus, et ouvrait et fermait la bouche comme s'il était à bout de souffle.

Affolée, j'ai regardé autour de moi pour tâcher de trouver un contenant. Je n'ai rien vu de mieux que la tasse à café de M. Martin, alors je me suis précipitée vers son bureau et je m'en suis emparée. Elle était à moitié pleine. Il n'y avait pas une minute à perdre. Il n'y avait pas d'évier dans la classe, donc pas d'eau. Il fallait sauver le guppy, alors j'ai laissé tomber celui que je tenais déjà dans la tasse. Le café était froid et, de toute façon, il contenait de l'eau, alors ça ne pouvait pas leur faire de mal, ai-je pensé.

Je suis retournée en courant au pupitre de Jennifer Mason et j'ai saisi le deuxième guppy, qui avait toujours l'air d'être en train de suffoquer. Il s'est débattu mais j'ai fini par le ramasser, avec quelques morceaux de gravier vert. J'ai flanqué le guppy et le gravier dans la tasse et j'ai cherché des yeux les guppys manquants.

La chance m'a souri — ou plutôt à eux. Je les ai trouvés, bougeant à peine, qui essayaient de nager dans le centimètre d'eau près de la porte. Je les ai mis eux aussi dans la tasse, que j'ai posée sur le bureau de M. Martin. Puis, je me suis précipitée dans le couloir pour chercher de l'aide.

Je me suis dirigée vers la loge de la concierge, en bas au rez-de-chaussée, mais la cloche a sonné la fin de la récré avant que je n'y arrive et les élèves se sont mis à entrer en trombe. J'ai dû braver le flot puisque je marchais à contre-courant. Quand je suis parvenue au local de la concierge, il n'y avait personne, alors j'ai emprunté le couloir suivant, en direction de la salle des profs. Je voulais trouver M. Martin avant qu'il ne se rende en classe.

Trop tard. Je l'ai tout juste aperçu qui disparaissait au sommet de l'escalier, il se dépêchait pour voir pourquoi les élèves faisaient un tel brouhaha. Je me suis frayé un passage à travers une autre troupe d'élèves pour essayer de le rattraper, et j'ai reçu un coup de pied sur la cheville.

Quand j'ai finalement atteint la porte de la classe, tous les élèves étaient à leurs pupitres sauf Billy Pinchback et Kevin Windslow. Ils étaient debout, rougissants, en train d'expliquer quelque chose à M. Martin. Kevin disait:

— On faisait rien que se lancer la balle. Billy l'a ratée quand je la lui ai lancée, et ça a frappé l'aquarium.

M. Martin a crié:

— Qu'est-ce que vous faisiez ici? Vous savez que vous devez aller dehors à la récréation.

Il a baissé la voix, mais on voyait bien qu'il était encore très fâché.

— Maintenant, allez chez la concierge et demandez-lui deux vadrouilles et un seau et nettoyez-moi ce dégât. (Il a élevé la voix de nouveau.) Allez, ouste!

Kevin et Billy se sont sauvés comme des lapins. Le reste de la classe a gardé un silence de mort, tout en essayant de ne pas poser les pieds dans l'eau. On n'avait jamais vu M. Martin si fâché.

J'ai levé la main nerveusement pour lui dire où étaient les poissons.

— Oui, Nathalie, qu'est-ce qu'il y a? demanda-t-il, de ce même ton exaspéré.

— J'ai mis..., ai-je commencé à dire.

M. Martin a soulevé sa tasse de café et en a pris une grosse gorgée, pendant que je le dévisageais avec horreur.

13

Café et guppy ont jailli de sa bouche, arrosant Tony Jackson qui, malheureusement pour lui, se trouvait directement dans sa ligne de tir. Tony a eu l'air ébahi. M. Martin a regardé dans sa tasse et je me suis précipitée pour sauver le guppy pour la deuxième fois. Il avait atterri sur la tignasse rousse de Tony. La classe, un instant interloquée, ne sachant pas, sur le coup, ce qui s'était produit au juste, émit un rugissement de rire collectif.

J'ai saisi le guppy sur la tête de Tony et je l'ai senti frétiller dans ma main. M. Martin s'est mis à rire et m'a passé sa tasse. J'y ai remis le guppy et je suis retournée à mon pupitre.

M. Martin n'arrêtait pas de dire:

— Excuse-moi, Tony.

Mais il n'arrivait pas à reprendre son sérieux. La classe riait aux éclats.

M. Martin était plié en deux. Il a essayé de demander:

— Qui a mis les guppys...ha, ha, ha, et il s'est remis à hurler de rire. Je suis désolé, Tony... tiens, voilà un essuie-tout.

Il a tendu une serviette en papier à Tony, qui s'est essuyé la tête. M. Martin s'est remis à rire et, sur ces entrefaites, la porte s'est ouverte brusquement. Mlle Burton-Jones, la prof de musique, a fait irruption dans la pièce.

— M. Martin, dit-elle, qu'est-ce qui se passe ici? Il y a de l'eau qui coule du plafond dans ma salle de classe.

— Je suis navré, mademoiselle Burton-Jones. Nous avons eu un accident... ha, ha, ha.

M. Martin ne parvenait pas à se maîtriser et a pouffé à nouveau. Il ne pouvait pas s'en empêcher, et la classe s'esclaffait en chœur avec lui.

— Vraiment, c'est inadmissible.

Mlle Burton-Jones est repartie, l'air furibond, révélant une grande tache humide sur le derrière de son pantalon rose.

Mon amie Tanya Sawatsky qui est en 5e A m'a raconté plus tard ce qui s'était passé:

— On venait d'entrer dans la salle de musique, et Mlle B.J. était debout sur la petite estrade à côté du piano. Elle a frappé dans ses mains et elle a dit de sa voix perçante, tu sais: «Allons, les enfants, ne lambinez pas.»

— Continue.

— Eh bien! a repris Tanya en rigolant, on était debout à nos places, j'étais à côté de Rita Watson. Mlle B.J. venait de dire qu'on allait chanter *C'est l'aviron* quand j'ai remarqué une grosse goutte qui tombait du plafond. J'ai donné un coup de coude à

Rita et on a essayé de ne pas rire, parce que l'eau tombait sur le tabouret du piano.

Tanya s'est esclaffée, pliée en deux, et n'en pouvant plus de rire.

— Et ensuite?

— Eh bien! dit Tanya, riant toujours, Mlle B.J. a dit: «Prêts.» Le tabouret du piano était complètement trempé et il y avait une grande flaque par terre tout autour. Elle a entonné la première note de la chanson et elle s'est assise en même temps.

Tanya riait si fort qu'elle en pleurait, et je riais aussi fort qu'elle.

— Et alors? Arrête de rire et raconte.

— Mlle B.J..., pouffait Tanya, incapable de se maîtriser. Mlle B.J. a frappé une fausse note et s'est redressée d'un bond, en poussant un cri perçant. Son derrière, c'était à mourir de rire!

— Tu inventes.

— Non, non, c'est vrai. Elle avait le derrière trempé et, pendant qu'elle restait là à regarder fixement le tabouret, une autre goutte lui est tombée sur la tête. La classe s'est déchaînée, et alors elle est sortie, furax. (Tanya a éclaté de rire de nouveau.) Ce que ça pouvait être drôle!

Billy et Kevin sont arrivés avec le seau et les vadrouilles et se sont mis à nettoyer le plancher. M. Martin a réussi à se maîtriser ainsi que la classe, même si de temps à autre on voyait qu'il avait envie de se remettre à rire. Une ou deux fois, il y a eu de nouveaux éclats de rire.

Billy et Kevin ne comprenaient pas pourquoi tout le monde riait, mais ils étaient bien contents de voir M. Martin de si bonne humeur.

— Maintenant, qui a sauvé les poissons?

M. Martin m'a regardée d'un air encourageant et j'ai levé la main.

— Je n'ai rien pu trouver d'autre. J'ai pensé qu'ils mourraient et je me suis dit que, comme le café était froid, ça ne pouvait pas leur faire de tort.

Il y a eu des ricanements, mais M. Martin a froncé les sourcils.

— Du calme. Tu as bien fait, Nathalie. Voyons si on ne peut pas trouver quelque chose de plus convenable pour ces guppys.

Il a trouvé une grosse boîte à conserve en fer-blanc dans l'armoire.

— Tiens, Nathalie. Va chercher de l'eau, s'il te plaît, pour qu'on y mette les poissons.

Billy et Kevin avaient presque fini d'essuyer l'eau et M. Martin a envoyé Billy chercher un balai et un ramasse-poussière pour nettoyer le gravier et les éclats de verre.

J'ai été à la fontaine, soulagée parce que M. Martin ne m'avait pas demandé ce que je faisais dans la classe à l'heure de la récréation. Je suis revenue avec ma boîte remplie d'eau et M. Martin y a versé les guppys et seulement un peu de café.

— Eh bien, ils sont encore vivants, grâce à toi, Nathalie.

Je rayonnais.

— Maintenant, il faut que j'aille m'excuser auprès de Mlle Burton-Jones, alors de grâce, en attendant mon retour, lisez en silence. Et pas de bruit.

Il m'a fait un clin d'œil en quittant la pièce.

C'était la première fois que j'avais un homme pour prof. J'étais en 5e à l'école primaire Elmwood. M. Martin était un nouveau. J'étais contente d'être dans sa classe, sentiment que partageait Janet Sullivan, ma meilleure amie.

Je pense que c'est le fait qu'il pouvait me faire rire qui me l'a rendu vraiment sympathique. Il racontait des histoires drôles, et il avait toujours quelque chose d'intéressant à dire, comme par exemple: «Saviez-vous que quand vous éternuez, l'éternuement est projeté de votre nez à 160 kilomètres à l'heure?»

Je ne suis tombée amoureuse de lui que quand j'ai sauvé les guppys, même si je ne m'en suis pas rendu compte sur le coup.

Il n'était pas ce qu'on appellerait beau, ou ce que Janet appelait «vraiment mignon», mais il avait quelque chose que je ne pourrais pas décrire. Il était mince. Il avait les cheveux foncés, assez longs, et une moustache.

Je serais morte de honte si quelqu'un avait su ce que je ressentais à son égard. Je n'osais même pas le dire à ma meilleure amie Janet. Elle n'aurait pas compris de toute façon.

Elle aurait dit: «Comment as-tu pu tomber amoureuse d'un prof?» Janet disait toujours qu'elle allait épouser une vedette de la télévision.

Janet disait souvent ce qu'elle pensait des profs. D'après elle, la plupart d'entre eux étaient méchants. Moi, il y en avait que je trouvais gentils. Mais Janet pensait qu'il fallait être contre les profs par principe. C'était des adultes, et les adultes ne voulaient jamais vous laisser vous amuser.

Elle aurait dit: «Amoureuse de M. Martin, mais il est tellement vieux!»

D'après Janet, la plupart des garçons, à l'exception d'un ou deux, étaient dégoûtants et ne cherchaient qu'à se faire remarquer et, à bien y penser, c'était aussi mon opinion. Mais Janet ne comprendrait jamais qu'on puisse tomber amoureuse de quelqu'un d'aussi vieux. Je ne le pensais pas, en tout cas, mais je pouvais me tromper.

Le vendredi suivant on a remis les mentions d'étudiant de la semaine dans chaque classe. Il s'agissait de la première mention de l'année, et elle allait être décernée à l'élève qui avait fait preuve du meilleur esprit civique. Je pense que cela veut dire faire le bien et aider son prochain.

M. Martin a expliqué à la classe en quoi consistait la mention et puis il a dit:

— Pour avoir fait preuve de tant d'initiative en sauvant nos guppys, la mention va à Nathalie Webster.

Les guppys que j'avais sauvés étaient à présent dans un plus petit aquarium à l'arrière de la classe.

Les autres ont applaudi et je suis allée chercher mon certificat. M. Martin m'a serré la main en me le remettant.

— Félicitations, Nathalie, a-t-il dit.

J'ai rougi. Comme je retournais à mon pupitre, Janet m'a fait un de ses signes secrets qui voulait dire: «Je sais de qui tu es le chouchou, t'as pas honte?» Mais je m'en fichais.

J'ai entendu parler de femmes qui tombent amoureuses d'hommes plus âgés qu'elles. J'ai secrètement feuilleté quelques-uns des romans de poche que ma mère lit parfois. Souvent il s'agit de femmes dans la vingtaine qui tombent amoureuses d'hommes de plus de quarante ans — des histoires vraiment à l'eau de rose — mais là, vraiment, j'exagérais. Je n'étais qu'en 5e année. Qui a déjà entendu parler d'une fille de dix ans, presque onze ans en fait, qui tombait amoureuse de son prof qui était vraiment vieux, au moins trente-cinq ans, peut-être même plus.

C'est à peine si je me rappelle être rentrée chez moi en autobus scolaire cet après-midi-là. J'étais comme Cendrillon allant au bal dans son carrosse doré. Je regardais par la fenêtre et je rêvassais. Je rêvassais toujours quand les autres se sont mis à me crier après parce que le chauffeur d'autobus s'était arrêté devant chez moi et que je ne l'avais pas remarqué.

J'ai remonté en courant l'allée de notre ferme, où je vivais avec ma mère. Mon père était mort dans un accident quatre ans auparavant et maman avait décidé de garder la ferme plutôt que de la vendre. Elle avait reçu de l'argent de l'assurance-vie quand papa était mort et, bien qu'on aurait pu vendre la ferme et déménager en ville, maman voulait rester. Elle aimait la vie à la campagne et avait décidé «d'essayer de faire marcher la ferme», comme elle disait. Papa

21

n'aurait pas voulu vendre, et maman connaissait les rouages d'une ferme, parce qu'elle avait travaillé aux côtés de papa tout le temps. Moi aussi, j'aimais la campagne, et j'aidais maman avec les corvées, comme de donner à manger aux poules et au bétail, même si je n'étais pas très enthousiaste quand il s'agissait de nettoyer l'étable. Nous avions aussi quelques ruches d'abeilles, et j'aidais maman à s'en occuper aussi. Je possédais mon propre costume protecteur pour éviter de me faire piquer. On faisait notre propre miel qu'on vendait, ainsi que nos œufs, au marché des fermiers de notre localité.

Maman était dans la cuisine quand je suis entrée, et j'ai humé la bonne odeur de mes biscuits préférés.

— Bonjour, maman, je suis là. Devine ce que j'ai gagné?

Maman a souri.

— Bonjour. Qu'est-ce que tu as gagné? Dis-moi.

Je lui ai montré mon certificat et je lui ai expliqué ma mention. Je lui avais déjà raconté l'affaire des guppys.

Elle m'a prise dans ses bras.

— Je suis ravie pour toi. C'est merveilleux. Il va falloir encadrer ton certificat et l'accrocher à ton mur. Il va bien falloir

que je le rencontre, ton M. Martin. Il m'a
tout l'air d'être un homme gentil. Tu as
certainement l'air de bien l'aimer. Maintenant va te changer et, quand tu auras nourri
les poules et ramassé les œufs, viens manger
un biscuit. Ils seront prêts dans une minute.
Ce sont tes préférés.

2

Ce que je pouvais avoir hâte d'en finir avec le week-end! D'abord, j'avais envie de retourner à l'école. C'était bien la première fois que ça m'arrivait. Comprenez-moi bien. J'aime l'école mais, cette fois, c'était autre chose. J'aimais tout autant les week-ends à la maison et je ne me plaignais pas si je manquais un jour ou deux de classe pour cause de maladie.

La deuxième raison pour laquelle je souhaitais que le week-end passe vite, était que j'allais revoir M. Martin lundi soir. J'avais persuadé maman de m'emmener à la rencontre parents-maîtres.

Elle n'avait fait qu'un commentaire:

— Je t'ai déjà emmenée à la réunion de parents quand tu étais en 4e, et tu t'es ennnuyée. Tu n'avais qu'une idée: rentrer à la maison. Qu'est-ce qui t'attire tant?

— Euh... Je pense que Janet y sera aussi, ai-je dit.

Je savais bien que je mentais, mais ce n'était qu'un tout petit mensonge et puis on ne savait jamais. Janet pouvait très bien arriver là avec sa mère. À condition que le film qu'elle allait voir soit annulé ou que le cinéma soit évacué pour cause d'incendie.

Lundi est enfin arrivé et la journée s'est très bien passée. Il ne s'est rien produit d'extraordinaire, mais j'étais excitée parce que je savais que j'allais le revoir ce soir-là.

Après l'école j'ai aidé maman. On a soupé et on s'est préparées à partir pour la réunion. J'ai dû me peigner au moins cinq fois, pour essayer d'avoir l'air présentable, et maman a été prête avant moi, ce qui n'était jamais arrivé.

— Tes cheveux sont très bien, a-t-elle dit en me voyant me regarder dans le miroir du hall. Je suis tentée de penser que tu as un petit ami.

— Quelle idée dégueu..., ai-je dit en rougissant.

C'est ma réponse habituelle quand quelque chose me dégoûte. Un petit ami aurait été bien assez embarrassant. Je ne pouvais pas lui laisser soupçonner que j'étais tombée amoureuse de mon prof. Elle ne comprendrait jamais.

On est arrivées juste avant le début de la réunion, qui se tenait dans le gymnase. M. Stanley, notre directeur, a accueilli tout le monde et a dit quelques mots au sujet du programme de l'école et de l'esprit de corps à Elmwood, et a ajouté que le personnel enseignant ferait tout son possible pour s'assurer que tous les élèves retirent le maximum de leur expérience d'apprentissage.

Puis il a parlé des règlements, mais il n'a pas mentionné de règles pour le cas où l'on tomberait amoureux de son prof. Il a énuméré les règlements sur la gomme, les absences (n'oubliez pas d'envoyer un mot avec votre enfant lorsqu'il ou elle revient à l'école), les heures d'ouverture de l'école, la cafétéria, le calendrier des visites de l'infirmière (est-ce qu'elle pourrait s'apercevoir que j'étais amoureuse en vérifiant mon pouls? me demandais-je).

— Je ne vois pas Janet, a murmuré maman.

— Non, ai-je répondu. Elle a dû décider de ne pas venir.

— Sa mère est assise dans la première rangée.

— Ah oui!

«Ah zut! ai-je pensé. J'espère que maman ne dira pas à la mère de Janet que je m'attendais à la retrouver ici. Elle le dirait sûrement à Janet. Janet me dévisagerait curieusement en classe demain en disant: Qu'est-ce que tu as? Je t'avais pourtant dit que j'allais voir *La revanche du Sasquatch* avec mon frère. Quelle idée d'aller à une réunion de parents et de professeurs! Ennuyeux à mourir. Et elle me demanderait pourquoi j'y étais allée.»

M. Stanley a terminé son laïus et s'est mis à présenter les professeurs. Quand est venu le tour de M. Martin, j'ai donné un petit coup de coude à maman en murmurant: «C'est lui, mon prof.»

— Ah bon, a dit maman. Il a l'air très sympathique.

Je l'ai regardé pendant tout le temps qu'on présentait les autres professeurs et il m'a souri. Ça m'a fait plaisir et j'ai rougi, puis je me suis retournée et je me suis aperçue que maman aussi le regardait. J'espérais bien qu'elle ne m'avait pas surprise en train de le dévisager.

Quand les présentations ont été terminées, M. Stanley a de nouveau pris la parole:

— Nous aimerions maintenant élire notre Comité de parents pour l'année à venir. Il nous faut un président, un vice-président, et un secrétaire. Y a-t-il des nominations pour le poste de président?

Une ou deux personnes furent mises en nomination, mais déclinèrent, invoquant un prétexte.

— Y a-t-il des volontaires? demanda alors M. Stanley.

Pendant quelques instants, ce fut le silence, mais j'ai bien failli tomber de ma chaise quand maman s'est levée.

— Je suis Mme Webster, a dit maman. Je veux bien essayer, mais j'avoue que je ne sais pas exactement ce qu'on attendrait de moi.

J'ai dévisagé ma mère, qui était déjà tellement occupée à essayer de faire marcher notre petite ferme, et qui disait toujours qu'elle n'avait pas une minute de libre pour faire autre chose. Quelle mouche l'avait piquée?

— Merci, madame Webster, a dit M. Stanley, en ajoutant que le travail de président n'était pas très difficile et qu'il se ferait un plaisir de l'aider de son mieux.

Maman a été choisie tout de suite parce que personne d'autre ne s'est présenté, et tout le monde a applaudi.

— Maintenant que nous avons une présidente, y a-t-il des volontaires pour la vice-présidence? a demandé M. Stanley.

Une autre dame s'est levée et s'est présentée, elle s'appelait Mme Zaretsky, et elle aussi a été choisie. Le poste de secrétaire est allé à un M. Carlson.

— J'invite tout le monde à prendre un café avec nous, il y a aussi des beignes, et les professeurs se feront un plaisir de bavarder avec nous. Pourrais-je, s'il vous plaît, rencontrer le nouveau Comité de parents et de professeurs pendant quelques instants? a dit M. Stanley.

Tout le monde s'est levé et s'est dirigé vers l'endroit où l'on servait le café.

— Bonsoir, Nathalie.

Il était debout à côté de moi qui me regardait. J'ai bondi de ma chaise.

— Ah bonsoir, monsieur Martin.

«Ce que je peux être petite à côté de lui, ai-je pensé. Je lui arrive à peine plus haut que le coude.»

— Tu as l'air différente, ce soir, dit-il. Je ne sais pas exactement ce que c'est...

Différente? Que voulait-il dire, différente? Différente de quoi? Je ne voulais pas avoir l'air différente. Les grenouilles, en classe de sciences, ont l'air différentes. Ce que je voulais, c'était avoir l'air séduisante.

— Je sais ce que c'est, a-t-il dit. Tes cheveux. Tu as changé de coiffure.

«Non, ai-je pensé. Ce doit être ma mèche rebelle.» J'ai eu un sourire forcé et j'ai résisté à l'envie de me passer la main dans les cheveux pour vérifier.

— C'est joli, a-t-il dit.

— Merci, ai-je murmuré. Est-ce qu'on a un test demain?

«Quelle nouille, pensai-je, au comble de l'embarras. Il dit que je suis jolie, et je ne trouve rien de mieux à dire que ça.»

— Non, je n'en ai pas prévu, dit-il.

Maman se tenait à côté de nous.

— Bonsoir, dit-elle, je suis la mère de Nathalie.

M. Martin lui a serré la main et lui a souri.

— Je suis enchanté de vous rencontrer. J'espère que Nathalie se plaît à l'école.

— Oui, beaucoup, a répondu maman. Du moins, elle ne s'en plaint pas. (Elle m'a souri.) Veux-tu aller te chercher un beigne, Nathalie?

Je savais bien qu'on essayait de se débarrasser de moi, mais j'ai dit «d'accord» et je suis partie chercher des beignes. En route, j'ai croisé Kevin Windslow, qui en tenait un dans chaque main. Il les avait entamés tous les deux. Il avait aussi l'air de s'en être bourré les poches.

— Salut, Nat, dit-il. Ça va? Tu veux un beigne? (Il m'indiqua la boîte d'un signe de tête.) Ceux au chocolat sont chouettes.

Je détestais qu'il m'appelle Nat. Il avait commencé à le faire en 3e et ça me tapait sur les nerfs.

J'ai pris un beigne et une serviette en papier. J'ai laissé Kevin en train de se gaver et je me suis dépêchée de rejoindre M. Martin, mais il était entouré de trois ou quatre parents. Maman parlait à la mère de Janet.

— Ah, te voilà, Nathalie. Mme Sullivan me disait justement que Janet avait décidé d'aller au cinéma.

— Ah? dis-je.

— Eh bien, dit maman, je suppose que nous devrions bientôt rentrer, il est presque l'heure de te coucher, et l'autobus passe tôt demain matin.

On a dit bonsoir à la mère de Janet et, comme on sortait, M. Martin nous a envoyé la main. Maman lui a rendu la pareille.

Dans la voiture, j'ai demandé à maman pourquoi elle s'était portée volontaire pour diriger le comité.

— Eh bien, j'ai pensé que ce serait intéressant d'en savoir plus long sur ce qui se passe à l'école et peut-être avoir mon mot à dire là-dessus. Personne d'autre n'avait l'air de vouloir s'offrir, alors pourquoi pas moi?

— Mais tu dis toujours que tu n'as jamais le temps de faire les choses que tu as envie de faire, dis-je. Comme ton tissage, que tu n'as jamais le temps de terminer, ou la robe que tu as commencée.

— Eh bien, je trouverai le temps, et d'ailleurs, je n'aurai pas beaucoup à faire, juste une réunion à l'occasion, d'après M. Stanley.

Je n'ai rien dit. Maman ne sortait presque jamais depuis que papa était mort, quatre ans plus tôt.

Je me suis rappelé comme on avait pleuré, blotties l'une contre l'autre, quand c'était arrivé. Je n'avais alors que six ans, mais je me souvenais du jour où maman m'avait expliqué que je devais essayer d'être courageuse, et elle aussi. Puis elle m'avait dit que papa était mort dans un accident de voiture.

On avait beaucoup pleuré toutes les deux, et j'avais bien senti que maman avait besoin que je l'aide. J'essayais de lui changer les idées chaque jour quand je rentrais de l'école et que je me rendais compte qu'elle avait pleuré. Je venais de commencer l'école, et j'avais des tas de choses à lui dire sur ce qui s'y passait. La ferme nous occupait beaucoup toutes les deux, et maman ne sortait presque jamais. Je pense qu'elle détestait me laisser seule. Peu à peu, quand même, elle a commencé à accepter des invitations des voisins et elle a fini par aller à un ou deux partys. Il lui arrivait de rendre visite aux parents de Janet, parce que la mère de Janet était une amie de longue date.

À mesure que je grandissais, je pense qu'elle s'est rendu compte que j'étais capable de me débrouiller toute seule et elle m'a encouragée. Elle me laissait parfois seule un moment pendant qu'elle allait chez une voisine prendre le café avec des amis, mais elle ne sortait jamais le soir.

Comme on arrivait à la maison, maman a dit:

— Je t'ai vue en train de parler à un garçon ce soir. Est-ce pour lui que tu as mis tant de temps à te coiffer?

Elle m'a fait un clin d'œil.

— Vraiment, maman! Tu veux rire. C'était Kevin Windslow.

— Ah bon, c'est donc lui?

Maman a ri. Elle avait assez entendu parler de lui et de Billy, ainsi que de leurs mauvais coups.

— C'est dommage que Janet ne soit pas venue à la réunion. J'espère que tu ne t'es pas trop ennuyée.

— Pas trop.

3

Le lendemain, je venais de descendre de l'autobus scolaire quand Janet a crié:

— Eh Nathalie! J'ai vu un film super hier soir, tu aurais dû voir ça. Le Sasquatch était révoltant, il a piétiné une voiture et tous ceux qui étaient dedans ont été écrabouillés, incroyable.

— Ah oui? ai-je dit.

— Maman a dit que tu étais allée à la réunion hier soir, tu as dû t'ennuyer, hein?

— Tu parles! ai-je répondu d'un air entendu, mais il y avait des beignes au chocolat, et d'ailleurs, il n'y avait rien de bon à la télé. Maman ne voulait pas me laisser seule à la maison.

Je mentais, mais heureusement Jill Lansbury est arrivée juste à ce moment-là et s'est mise à nous parler de sa sœur et de son copain qu'elle avait surpris en train de s'embrasser sur le divan de la véranda. Janet trouvait ça plus intéressant. Elle n'a plus fait attention à moi et aux raisons qui avaient pu me pousser à aller à une réunion aussi ennuyeuse.

On est entrées et on a suspendu nos manteaux et mis nos boîtes à lunch sur l'étagère dans notre classe. M. Martin n'y était pas encore. Il devait s'attarder dans la salle des profs à boire du café. Jill Lansbury parlait toujours de sa sœur et de son copain et était maintenant en train de reprendre l'histoire du début à l'intention de tout un groupe qui s'était formé pour l'écouter.

J'ai levé les yeux et, à ma grande horreur, j'ai vu, écrits en toutes lettres à la craie au tableau, les mots «N. W. AIME M. M.» En me précipitant vers le tableau, j'ai vu Kevin et Billy qui ricanaient.

— Eh, Nat, dit Kevin, m'interpellant. Comment ça se fait que ça dit que tu aimes Monsieur M.?

— C'est toi qui as fait ça? ai-je dit, toute rouge.

J'ai saisi l'éponge et je me suis mise à effacer frénétiquement tandis que Billy criait:

— Eh, regardez, tout le monde, en montrant le tableau du doigt.

M. Martin est entré juste à ce moment-là.

— Que se passe-t-il? dit-il.

Il a regardé Kevin et Billy, et puis il m'a regardée. J'ai fini d'effacer, puis j'ai remis l'éponge sur le rebord du tableau et, le visage rouge comme une tomate, je suis retournée à ma place.

La cloche a sonné et M. Martin a dit:

— Allez, tout le monde, asseyez-vous.

Une autre journée commençait. J'étais furieuse contre Kevin et Billy et je me suis juré de me venger d'eux. Comment savaient-ils que j'étais amoureuse de M. Martin? Avaient-ils deviné juste, par pure chance? Ou est-ce qu'ils faisaient les malins, tout simplement?

M. Martin a noté les présences et on s'est mis à l'arithmétique. Je ne peux pas dire que j'aime l'arithmétique. Ce n'est pas ma matière préférée et il faut croire que je ne faisais pas attention à ce que disait M. Martin. J'étais fâchée contre Kevin et Billy.

— Nathalie, dit M. Martin.

J'ai levé les yeux, prise de court, me doutant vaguement qu'il venait de me poser une question.

— Eh bien, Nathalie? m'a-t-il encore demandé. (Tout le monde me dévisageait.)

— Je m'excuse, ai-je bredouillé, je n'écoutais pas.

— Eh bien, essaie de faire attention, dit-il. J'étais en train de te demander si tu pouvais nous dire comment tu répondrais à cette question que je viens d'écrire au tableau.

J'ai cligné des yeux. Je ne l'avais rien vu écrire au tableau. Il s'agissait d'un problème de multiplication: 678 x 289. J'étais parfaitement capable de le faire, mais j'étais trop surprise et embarrassée.

M. Martin s'est lassé de m'attendre, parce qu'il a dit:

— Allez, tout le monde. Regardez-moi faire.

J'ai poussé un soupir de soulagement. J'ai pensé un instant qu'il allait me demander de venir au tableau, mais il ne faisait que donner un exemple.

Le reste de la journée s'est déroulé sans histoire. Je me suis ragaillardie quand, pendant le cours d'éducation physique, j'ai réussi à cingler les doigts de Kevin avec mon bâton de hockey alors qu'on poursuivait tous les deux la rondelle. Il a crié et s'est soufflé sur les doigts. Même si c'était un accident, ça m'a remonté le moral, comme si je m'étais vengée de lui.

Le lendemain, par contre, j'ai de nouveau été mise dans l'embarras. M. Martin était en train d'expliquer les mots nouveaux d'un texte de notre livre de lecture qu'on allait commencer à étudier.

— Qui peut me dire ce que signifie le mot «disproportionné»? demanda-t-il.

J'ai levé la main précipitamment et quand il a dit:

— Oui, Nathalie?

J'ai bredouillé sans réfléchir:

— Dolly Parton.

Les autres se sont esclaffés et j'ai cru voir l'ombre d'un sourire passer sur le visage de M. Martin.

— Dolly Parton?

— Euh, oui, balbutiai-je. Vous savez bien, — ses seins.

Les autres se sont mis à hurler de rire, et cette fois M. Martin n'a pu s'empêcher de sourire largement.

«Non, non, qu'est-ce qui me prend? pensai-je. Comment puis-je parler de seins devant tout le monde, et surtout devant M. Martin?» Il devait être aussi gêné que moi.

Il avait l'air d'attendre que je m'explique, et les rires avaient cessé.

— Ben, c'est ce que dit maman, ai-je conclu, l'air penaud.

Les autres ont encore rigolé et M. Martin leur a dit de se tenir tranquilles.

— Je crois que ta mère a dû plutôt vouloir dire «démesuré», a-t-il dit en souriant.

J'ai haussé les épaules. Je n'allais rien ajouter pour me rendre encore plus ridicule. J'étais sûre que c'était ce que maman avait dit, mais je n'allais pas insister.

J'ai été un peu soulagée quand, quelques minutes plus tard, Jimmy Hoover a dit qu'un buvard était un ivrogne et que Lisa Zuckerman a dit qu'un époux était une sale petite bête qui se nourrissait de sang humain. La classe a éclaté de rire à chaque bourde, mais la mienne était la plus grosse et on ne m'a pas laissé l'oublier. Pendant quelques jours, «disproportionné» est devenu un mot de passe et «Dolly Parton» au pluriel, une autre façon de dire «seins» en code.

Plusieurs jours après, ma mère est allée à la première réunion de son comité. J'étais couchée quand elle est rentrée, mais elle m'a dit le lendemain au petit déjeuner que le comité allait mettre sur pied un projet de terrain de jeux pour la cour de l'école, pour nous occuper pendant les récrés.

— C'est super, dis-je. Quand est-ce qu'ils vont le construire?

— Oh, il y a beaucoup à faire avant de construire. Il faut qu'on décide ce qu'on veut, et on va vous consulter, vous les enfants, dès qu'on aura des plans. Ensuite on fera une maquette. Après il faudra obtenir la permission de la Commission scolaire — et de l'argent bien sûr. On demandera des volontaires pour le construire et puis il faudra aussi solliciter nous-mêmes des fonds. Tiens, pendant que j'y suis, ton prof, M. Martin, est membre du comité. Il est très gentil.

Quelque chose dans la façon dont elle l'a dit aurait dû m'alerter, mais à ce moment précis j'ai plongé ma cuillère dans la moitié de pamplemousse que j'étais en train de manger et j'ai reçu une goutte de jus dans l'œil. Ce matin-là je suis allée à l'école avec l'œil tout rouge, comme si je souffrais de conjonctivite, comme une de nos vaches l'été précédent. J'ai dû expliquer à tout le monde ce qui s'était passé. Même M. Martin m'a posé la question. J'étais mortifiée. J'étais sûre qu'il pensait que j'avais l'œil infecté, mais il ne m'a pas envoyée à l'infirmerie me faire examiner, alors je suppose qu'il a dû me croire.

○

Un mois s'était écoulé et mes sentiments à son égard n'avaient pas changé. Ça doit être l'amour avec un grand A, pensais-je. Ça dure depuis si longtemps, et je ressens toujours la même chose. M. Martin aussi l'a remarqué. Il m'en a dit deux mots quand je me suis assise à côté de son bureau pendant qu'il corrigeait ma rédaction. Enfin, il ne m'a pas demandé directement si j'étais amoureuse de lui. Il a fait preuve de plus de tact. Il m'a simplement dit qu'il avait remarqué que je rêvassais beaucoup depuis quelque temps et que j'avais parfois un air lointain. Il m'a demandé si quelque chose n'allait pas et j'ai dit «Non, non... Rien». Il a continué à lire ma rédaction. J'aimais l'odeur de sa lotion après-rasage. Elle sentait les clous de girofle. J'aime les clous de girofle.

C'est une odeur qui me fait penser aux îles romantiques et lointaines des tropiques. Je nous voyais déjà y passant notre lune de miel. Le soleil chaud, le bruit des vagues, les palmiers, le sable blanc, notre petite île à nous. J'étais magnifiquement bronzée, lui aussi, et je portais ce maillot de bain osé que j'avais vu dans le catalogue de Sears, celui dont maman avait dit que j'étais trop jeune pour le porter. On se prélassait sur nos serviettes de plage et tout autour de nous planait une odeur de clous de girofle.

Je crois que j'ai dû prendre cet air lointain dont il m'avait parlé parce que, tout à coup, je me suis rendu compte qu'il me dévisageait et je l'ai entendu qui répétait mon nom. J'étais toujours sur ma plage dans les tropiques quand il a souligné une phrase de ma rédaction qui n'avait aucun sens.

— Regarde ici, dit-il.

J'ai fixé la phrase en question avec des yeux horrifiés. J'avais écrit ça? Je l'ai relue en silence: «Quand j'ai ouvert la porte du réfrigérateur, il était là qui me souriait, si beau que j'ai eu envie de l'embrasser.»

— C'est une phrase bien construite, dit-il, mais de qui parles-tu? Tu dis plus haut que tu vas au réfrigérateur chercher un verre de lait.

— Je ne sais pas, dis-je. Je devais être distraite. (J'ai lu la phrase suivante: «Je me suis versé du lait dans un verre et j'en ai bu la moitié tout d'un trait.»)

J'ai réfléchi rapidement.

— Je crois que ce que j'ai voulu dire, c'est que j'avais si soif et que le lait avait l'air si bon. Oui, c'est ça, dis-je. Voici ce que j'aurais dû dire: «Quand j'ai ouvert la porte du réfrigérateur, le lait était là qui avait l'air si bon que j'ai eu envie de l'embrasser.» Voilà ce que je voulais dire.

— Hum, dit M. Martin. Eh bien, essaie de te concentrer davantage sur ton travail. Maintenant retourne à ta place.

Puis il a appelé Michael Colins.

Quand je me suis rassise à ma place, Janet m'a regardée d'un drôle d'air.

— Qu'est-ce qui se passe? m'a-t-elle demandé en chuchotant.

J'ai secoué la tête, n'ayant pas du tout envie de lui expliquer ce qui m'arrivait.

À la récréation, elle m'a tout de suite sauté dessus.

— Qu'est-ce que tu faisais au bureau de M. Martin? À te regarder, on aurait cru que tu étais dans les patates ou que tu venais de gagner à la Super-Loto. Il t'a dévisagée pendant je ne sais pas combien de temps avant que tu t'en aperçoives.

— J'avais sommeil. Je rêvassais et je ne l'ai pas entendu.

«Je l'ai échappé belle, pensai-je. Je commence à me faire remarquer. Si Janet devine...»

— Jouons à la marelle, dis-je, pour changer de sujet.

Ça a marché.

— D'accord, dit Janet, mais c'est moi la première. (Je n'ai pas discuté.) Comment va le projet de terrain de jeux de ta mère? Quand est-ce que ça va être prêt?

— Je ne sais pas. Il faut qu'ils fassent une maquette d'abord.

— Eh bien, espérons que ce sera bientôt. J'en ai marre de jouer à la marelle. Ce serait chouette d'avoir des balançoires et des glissoires pour faire changement.

Maman avait déjà assisté à trois réunions, et j'avais vu des dessins de quelques-unes des choses qu'ils envisageaient. Les autres membres du comité aidaient maman à tout organiser. Elle m'avait dit qu'ils allaient bientôt construire la maquette et l'apporter à l'école pour demander l'avis des enfants.

— Tu devrais voir ma nouvelle affiche de Bruce Springsteen, dit Janet en jetant le caillou sur une des cases du jeu de marelle. Je l'ai mise au plafond au-dessus de mon lit pour pouvoir la regarder quand je suis couchée. J'adore Bruce Springsteen, ajouta-t-elle d'un air langoureux, tout en sautillant.

Je ne crois pas qu'elle l'ait dit sérieusement. Qu'elle était amoureuse de Bruce Springsteen, s'entend. Je ne pensais pas qu'on pouvait tomber amoureuse d'une affiche ou de quelqu'un qu'on avait vu à la télé. Mais je me suis demandé ce qu'elle dirait si elle savait que je gardais une photo de M. Martin dans le tiroir du bas de ma commode à côté de mon lit. Je l'avais découpée dans la photo de la classe qu'on

45

nous avait remise la semaine précédente. J'avais dû découper en suivant le contour de Jason Hopkins et de Marie Lacroix qui se tenaient devant M. Martin. Quand j'ai eu fini, ce qui restait du corps de M. Martin était filiforme. Seule sa tête avait une apparence normale. Je me suis demandé si je ne devrais pas découper la tête et la coller sur une feuille de papier noir, mais ça aurait fait vraiment trop bizarre.

C'était mon tour de jeter le caillou, puisque Janet avait marché sur la ligne. Mais juste à ce moment-là, la cloche a sonné de nouveau et je n'ai même pas eu mon tour.

Après l'école, j'étais en train de faire un devoir de math quand le téléphone a sonné. Maman était dehors dans la grange. J'ai répondu.

— Bonjour, Nathalie.

C'était lui. Il me téléphonait.

— C'est M. Martin, dit-il.

— Ah bonjour, dis-je, en essayant de rester calme et me demandant de quoi nous allions bien pouvoir parler.

— Est-ce que ta maman est là?

— Maman? euh, non. Je veux dire, oui. Mais elle est dans la grange.

J'ai essayé de ne pas paraître déçue. C'est à maman qu'il voulait parler, pas à moi. Alors mon cœur s'est vraiment emballé. Est-ce qu'il allait lui raconter ce que j'avais dit au sujet de Dolly Parton ou lui dire ce que j'avais écrit dans ma rédaction? Ou peut-être allait-il parler à maman de mon autre rédaction, celle où il nous avait demandé de dire comment nos vies seraient différentes si nous étions nés du sexe opposé.

J'avais écrit que le seul avantage qu'il pouvait y avoir à être un garçon était que je pourrais enfin voir l'intérieur des toilettes des garçons. Il allait probablement lui dire:

— Madame Webster, votre fille est très étrange. Avez-vous songé à l'emmener voir un psychiatre?

Ou peut-être allait-il dire à maman que l'autre jour je m'étais écriée: «Ah merde!», quand mon crayon s'était cassé dans l'aiguisoir, alors que l'inspecteur visitait notre classe pour voir comment M. Martin enseignait. M. Martin m'avait regardée en fronçant les sourcils.

— Nathalie! Nathalie! (C'était sa voix dans mon oreille.)

— Oui?

— Demande à ta mère de me rappeler quand elle rentrera. Elle a mon numéro.

— Oui, d'accord, je lui dirai, ai-je dit vaguement avant de raccrocher.

Quand maman est rentrée, je lui ai fait le message.

— Ah, merci, dit-elle. Ce doit être au sujet du terrain de jeux.

Elle l'a rappelé tout de suite, mais je n'ai pas entendu ce qu'elle lui a dit, parce que le téléphone chez nous est à côté de l'armoire à balai, et quand on veut être tranquille pour parler, le fil du téléphone est assez long pour qu'on puisse y entrer et fermer la porte.

Je me suis rongé les ongles, en espérant qu'il ne dirait rien de toutes mes bêtises à maman. Mais alors je me suis dit que maman ne s'en ferait pas pour ça, sauf peut-être le fait d'avoir dit «Merde» devant l'inspecteur. Je pouvais m'attendre à un sermon sur les gros mots dans la bouche d'une jeune fille et sur l'impolitesse en général.

— Eh bien, dit maman en sortant de l'armoire à balai et en raccrochant, la maquette est prête. On va pouvoir l'exposer à l'école dès la semaine prochaine. Ensuite il faudra voir si la Commission scolaire l'approuve et veut bien libérer de l'argent. Les élèves, vous, de votre côté, vous pouvez suggérer des changements, à condition que vos demandes soient raisonnables... Pas de glissades d'eau ni autre chose du genre. (Elle était pratiquement à bout de souffle.)

Je me suis dit: «Ce terrain de jeux a l'air de lui tenir drôlement à cœur. Elle est plus emballée que les élèves.»

— Tiens, j'ai une surprise pour toi, ajouta-t-elle. On va avoir un invité à souper samedi.

— Pas Monsieur Martin! m'écriai-je, le souffle coupé.

— Promets-moi de ne rien dire, à l'école.

J'ai promis. Vivement samedi! Il allait venir chez nous.

J'avais lu quelque part que les filles en Espagne n'ont pas le droit de sortir avec un homme sans être accompagnées d'une personne, qu'on appelait un chaperon, pour les surveiller. Les amoureux n'avaient même pas le droit de se tenir par la main. On allait devoir faire poliment la conversation pendant que maman nous servirait de chaperon. Ou est-ce que je rêvais?

J'ai demandé à maman pourquoi il venait, mais elle m'a donné une réponse plutôt vague. Elle a mentionné le terrain de jeux et puis, en riant, elle a dit que M. Martin voulait lui raconter les bêtises que je faisais à l'école. Je n'étais pas absolument sûre qu'elle plaisantait. J'ai eu l'impression qu'elle ne m'avait pas tout dit. De toute façon, l'idée de cette visite m'excitait, et m'inquiétait un peu aussi.

49

4

Il faisait très beau ce samedi-là. C'est ce que maman appelait l'été des Indiens. Sa voiture est arrivée dans notre cour tôt dans l'après-midi. Il était en jeans et portait un coupe-vent. Je ne l'avais jamais vu en jeans. Je l'attendais nerveusement, assise sur le perron.

— Bonjour, dis-je, tandis qu'il montait les marches.

— Salut, Nathalie, dit-il avec le sourire.

Maman est sortie par la porte d'en arrière.

— Entrez donc, lança-t-elle, venez boire quelque chose. Il faut que j'aille faire une piqûre à une de mes vaches. À la ferme, le travail n'est jamais fini. Ça ne sera pas long.

— Je peux vous aider? dit-il. J'aimerais bien, si vous me le permettez.

— Vous allez salir vos chaussures. Attendez — il y a une paire de bottes en caoutchouc ici quelque part.

Maman s'est éclipsée et est ressortie un instant plus tard avec une vieille paire de bottes de mon père.

— Tenez, essayez-les pour voir si elles vous vont.

M. Martin a ôté ses chaussures et mis les bottes.

— Elles me vont très bien. Comme un gant.

— Tant mieux, dit maman. Je vais chercher la seringue. Nathalie, tu peux venir m'aider toi aussi, mais il vaut mieux que tu mettes tes bottes.

J'ai fait la moue. L'idée de pourchasser une vache dans un corral, en bottes de caoutchouc, ne me semblait pas la meilleure façon de me rendre séduisante.

— Et tu ferais mieux de mettre tes vieux jeans, ajouta maman. Tu vas salir ceux que tu portes.

Elle est entrée dans la maison et je l'ai suivie, laissant M. Martin sur la galerie. Je suis montée à ma chambre. Quand je suis ressortie, m'étant changée et ayant mis mes bottes, maman et M. Martin se dirigeaient déjà vers le corral.

Les vaches étaient tout près, dans le pré. Maman les a attirées dans le corral avec un seau de moulée, et j'ai refermé la barrière derrière elles.

— C'est celle qui a de longues cornes, dit maman. Elle a une infection des pattes. Il faut que je lui fasse une piqûre de pénicilline. Pouvez-vous la diriger vers la chute, monsieur Martin? Je vais aller devant et ajuster la barrière et je l'attraperai quand elle arrivera à l'autre bout.

M. Martin se mit à avancer vers la vache en agitant les bras. Deux autres vaches, en plus de celle aux longues cornes, se sont précipitées dans la chute.

— J'ai bien peur qu'il y en ait deux autres devant celle que vous voulez, dit-il à maman.

— Ça va, dit-elle. Si vous marchez derrière elles, elles feront le tour. Je laisserai les deux premières sortir par ce bout-ci, et elle, je l'attraperai à la barrière quand elle arrivera. Nathalie, ferme la barrière après M. Martin, et ensuite viens ici me tenir la seringue.

M. Martin aiguillonna la vache aux longues cornes pour la faire avancer, forçant les deux autres à marcher devant et à contourner la chute. J'ai fermé la barrière derrière lui et les vaches, j'ai grimpé par-dessus la rampe du corral et j'ai rejoint maman qui m'attendait. Les vaches m'ont vue et se sont arrêtées net. M. Martin est allé derrière, pour les faire bouger de nouveau. Il s'est malheureusement approché trop près, et la vache aux longues cornes a fait ce que font toutes les vaches quand elles sont nerveuses. Il a juré à voix basse, et j'ai vu maman plaquer sa main sur sa figure pour cacher son envie de rire. Je l'ai entendu dire: «Seigneur!»

J'étais horrifiée. M. Martin était notre invité. Je voulais lui faire une bonne impression et, la première chose qui arrive, une de nos vaches lâche de la bouse dans une de ses bottes.

M. Martin a continué de tourner autour des vaches, avec sa botte qui faisait floc-floc, et moi j'ai aidé maman en tenant la seringue pendant qu'elle attrapait la vache à la barrière.

— Je suis désolée, dit-elle, tout en piquant la vache avec une rapidité et une assurance qui m'étonnaient toujours.

En fait, elle était bien plus habile pour cette tâche que mon père ne l'avait été.

M. Martin et maman se sont regardés et ils ont tous les deux éclaté de rire. Moi, je ne trouvais pas ça drôle du tout. Je trouvais que c'était vulgaire et gênant.

Après que maman eut relâché la vache, on est retournés à la maison, et maman a lavé les jeans et la chaussette de M. Martin, tandis que lui restait assis dans un vieux pantalon de mon père.

Je remis mes bons jeans et une nouvelle blouse rose. Le rose me va bien. Maman s'est changée elle aussi, enfilant une de ses robes. C'en était une que je ne lui avais pas vu porter depuis longtemps et elle paraissait très jolie. M. Martin l'a remarqué et il lui en a fait compliment.

— Toi aussi, Nathalie, Je n'ai pas souvent l'occasion d'être invité à dîner par deux belle dames.

Maman a servi un rôti accompagné de nos propres légumes du jardin. M. Martin avait apporté une bouteille de vin, et maman m'en a donné un petit verre. Je n'ai pas vraiment aimé ça. Ça avait un goût sûr; mais, bien entendu, je n'ai rien dit.

Nous avons parlé, ou plutôt M. Martin et maman ont parlé, de toutes sortes de choses, mais surtout de l'école. J'ai été soulagée de voir que M. Martin évitait de mentionner mes embarras en classe.

Maman lui a parlé de la ferme, des bestiaux, «avec qui vous avez déjà fait connaissance», a-t-elle dit et ils se sont mis tous deux à rire encore une fois. Maman lui a parlé de nos ruches, ce qui a paru vraiment l'intéresser.

— Nathalie me donne un bon coup de main, dit maman. Elle m'aide à ouvrir les ruches et elle n'a pas peur de se faire piquer.

— Mais je porte tout de même un costume, un voile et des gants, ai-je précisé. Ça aide beaucoup.

Maman lui a expliqué comment on extrait le miel, et elle lui en a offert avec son café.

Après le souper, il a aidé maman à essuyer la vaisselle, ce qui m'a permis de regarder la télévision. À vrai dire, j'aurais été d'accord pour essuyer la vaisselle avec lui et que maman aille regarder la télé; comme ça on aurait pu être seuls ensemble. Mais, comme maman sait que je déteste essuyer la vaisselle, elle se serait demandé ce qui m'arrivait.

Il est parti juste avant que je me couche, et on est allées le reconduire à la porte, maman et moi.

— Va te préparer à te coucher, m'a dit maman, en sortant avec M. Martin.

— Bonsoir, Nathalie, m'a-t-il crié.

— Bonsoir, ai-je dit. À lundi!

Dans la salle de bains, je me suis rendu compte qu'il n'y avait plus de mon dentifrice préféré. Je suis montée sur le siège de la toilette pour chercher s'il y en avait dans l'armoire à pharmacie, et, par hasard, j'ai regardé par la fenêtre. Maman et M. Martin se tenaient côte à côte près de sa voiture et maman avait sa main dans la sienne. «Qu'est-ce qui se passe? me suis-je étonnée. Est-ce qu'il serait en train de demander ma main en mariage à maman?» D'après ce que j'avais entendu dire et lu dans les histoires, l'homme doit demander au père la permission d'épouser sa fille. Mais comme je n'avais plus de père, peut-être M. Martin demandait-il à ma mère.

Je pouvais l'imaginer qui disait: «Je sais bien qu'elle est jeune, mais je suis prêt à attendre.» J'avais entendu parler de filles, aux Indes, encore plus jeunes que moi, qui étaient promises à des hommes plus âgés. Ensuite je me suis demandé pourquoi, s'il demandait ma main en mariage, il tenait celle de maman?

Je n'ai plus pu rien voir, parce qu'à ce moment-là, je suis tombée en bas de la toilette. Le temps de me relever et de regarder par la fenêtre, il était reparti. Je me suis brossé les dents, complètement bouleversée, et je me suis couchée.

Impossible de fermer l'œil. J'ai passé un bon moment à me retourner dans mon lit en essayant d'établir un plan d'action. D'une manière ou d'une autre, il fallait que je lui fasse comprendre ce que je ressentais. Je devais arriver à le persuader d'attendre au moins jusqu'à ce que j'aie fini mon secondaire.

S'il avait été en train de demander ma main à maman et qu'elle ait refusé, attendrait-il que je sois assez grande pour dire oui moi-même? Si je ne lui faisais pas connaître mes sentiments, il rencontrerait sûrement quelqu'un d'autre. Il faudrait que je surveille Mlle Skelly, la prof de gymnastique. Elle avait vraiment l'air de le trouver à son goût la semaine précédente, quand je l'avais aperçue qui parlait avec lui dans le gymnase, en sortant du vestiaire des filles. Je ne pensais pas qu'elle soit son type, mais on ne sait jamais. Elle avait besoin de perdre du poids autour des hanches et, de plus, elle avait les dents en avant.

Là, j'ai dû m'endormir, parce que j'ai fait le rêve le plus bizarre. J'étais assise dans ma robe de mariée, au pupitre de M. Martin, en avant de la classe. Il était assis à côté de moi et il me tenait la main. Je respirais sa lotion après-rasage. Ma robe avait une traîne vraiment longue, qui serpentait dans la salle, entre les rangées de pupitres.

Les autres élèves étaient assis dans leur pupitres. Les garçons avaient tous les cheveux bien lissés, un œillet rouge à la boutonnière de leur complet. Les filles avaient des belles robes longues, et Janet, assise dans son pupitre, portait mes fleurs.

Kevin Windslow a sauté de son pupitre et est venu se tenir devant M. Martin et moi. On s'est tous les deux levés. Kevin portait un costume rose pâle et un œillet rouge à la boutonnière, comme les autres; mais j'ai remarqué qu'il avait aux pieds ses vieilles espadrilles sales. Je m'attendais à ce qu'il nous marie en prononçant les bons mots, mais tout ce qu'il a dit, c'est: «Comment ça va, Nat?»

Tout d'un coup, son œillet rouge m'a envoyé un jet d'eau à la figure. Ensuite la sirène d'alarme d'incendie s'est déclenchée. Tous les élèves ont sauté de leurs pupitres et ont piétiné ma robe longue en se précipitant vers la porte.

C'est alors que mon réveil qui sonnait comme un fou m'a tirée du sommeil. Je me suis assise et je l'ai arrêté. Je me suis rendu compte que c'était dimanche et que j'avais mis le réveil comme d'habitude.

Je me suis étendue de nouveau, en essayant de me rappeler d'autres parties de mon rêve, afin qu'il ne s'évanouisse pas complètement. J'espérais que M. Martin aurait donné une retenue à Kevin pour m'avoir aspergé le visage, et je me suis demandé pourquoi c'est dans la classe que je me mariais.

Au petit déjeuner, maman m'a demandé:

— Nathalie aimes-tu M. Martin?

— Ouais, il est chic. Je l'aime beaucoup.

Je ne pouvais pas lui dire que j'étais amoureuse de lui. Elle avait déjà l'air mal à son aise, et je n'étais pas sûre de ce qu'il lui avait dit hier soir. Il n'avait aucune idée de mes sentiments envers lui, et je savais que même s'il avait eu les mêmes envers moi, il ne pouvait pas en parler.

Le directeur, M. Stanley, et le conseil scolaire, feraient une crise si M. Martin annonçait que nous étions fiancés ou quelque chose comme ça. Bien que j'aie eu une envie folle de parler de lui, tout ce que j'ai trouvé à dire, c'est:

— Et toi, maman, que penses-tu de lui?

Je l'ai vue rougir.

— Je le trouve très gentil, dit-elle.

— J'aimerais donc être plus âgée, ai-je dit en soupirant. Avoir au moins dix-sept ans.

— Pourquoi ça? (Maman paraissait surprise.) Ce n'est pas la peine d'être trop pressée; tu auras dix-sept ans avant de le savoir. Je n'arrive pas à croire comme le temps passe vite depuis que...

Là, elle s'est interrompue, et je savais qu'elle pensait à papa. Ça lui arrivait souvent — d'arrêter de parler, je veux dire — quand elle pensait à papa. Des fois, elle avait les yeux pleins de larmes.

Elle me regarda en souriant.

— Tu vas grandir tellement vite, que tu vas souhaiter un jour avoir encore dix ans. Pourquoi es-tu si pressée d'en avoir dix-sept?

— C'est que Janet dit...

Je me servais toujours de Janet quand je ne voulais pas montrer mes sentiments. J'évitais ainsi d'être blâmée si mes idées paraissaient folles. Janet faisait la même chose avec ses parents, commençant souvent une conversation, quand elle voulait obtenir quelque chose, par «Nathalie dit...»

— Janet dit quoi? insista maman.

— Janet dit que quand on a dix-sept ans, on peut se coucher tard et sortir avec les garçons, des trucs comme ça. On est plus... (Je fis une pause, incapable de trouver le mot que je cherchais.)

— Indépendante? suggéra maman.

— Oui, plus indépendante.

— Tu sens que tu n'es pas indépendante, maintenant? me demanda-t-elle. Je dirais que tu es très indépendante. Je peux me fier à toi pour un tas de choses. Les garçons et les sorties viendront bien assez vite. Ne sois pas impatiente. Qu'a-t-elle d'autre à dire, Janet?

Je savais qu'elle n'était pas vraiment intéressée à savoir ce que Janet avait de plus à dire. Elle connaissait très bien notre jeu, à Janet et à moi, et ça me donnait l'occasion de dire ce que je sentais sans être gênée. Je savais que nous faisions seulement semblant de croire que les idées venaient de Janet.

Si je lui disais vraiment ce que Janet disait des adolescents, elle serait vraiment gênée. Comme la fois qu'elle s'était cachée dans le placard de sa sœur, quand son copain était venu la voir et qu'ils se croyaient seuls à la maison.

— C'est à peu près tout, dis-je.

— Tu sais, dit-elle en me tapotant la main, il ne faut pas toujours croire ce que dit Janet.

Je savais qu'elle pensait à la fois où je lui avais dit que je ne voulais plus de sandwichs au concombre dans ma boîte à lunch. Ça l'avait surprise, car ils avaient toujours été mes préférés. Mais ensuite, elle avait appris que le père de Janet lui avait dit que les concombres vous faisaient pousser du poil sur la poitrine. J'avais vérifié ma poitrine dans le miroir de la salle de bains pendant des jours, après ça.

5

Le lundi, M. Martin nous a annoncé qu'il aimerait nous voir travailler à un projet scientifique que nous pourrions choisir nous-mêmes; quelque chose qui nous intéresserait et dont nous pourrions parler à la classe. On pouvait se servir de ce qu'on voulait, et on en ferait la démonstration en classe. Il nous a demandé de l'avoir terminé dans deux semaines.

Une autre occasion pour moi de faire bonne impression sur M. Martin. Mais qu'est-ce que je pourrais bien faire? Les sciences n'étaient pas mon fort, mais il avait dit que ça pouvait être n'importe quoi qui nous intéressait, notre propre projet.

Je pourrais sûrement trouver un truc vraiment bien d'ici deux semaines.

À la récré, Janet m'a demandé ce que j'avais l'intention de faire comme projet.

— Je n'ai pas encore décidé.

— Moi oui, me dit-elle. Je vais avoir une machine qui vous dit quelle sorte de personne vous êtes d'après votre écriture.

— Comment ça marcherait?

— Je ne sais pas, mais ça me paraît super comme idée, et ma sœur dit qu'on peut juger les gens par la manière dont ils écrivent. Ça ne serait pas difficile, poursuivit-elle. Je demanderais à tous les élèves de la classe d'écrire leurs noms sur des bouts de papier qu'ils mettraient dans ma machine. Ensuite, je leur dirais quel genre de personne ils sont, un par un. Ça devrait être facile de décrire ces casse-pieds de Kevin et Billy, et je pourrais dire quelque chose à propos de chaque élève de la classe.

— Mais tu ferais seulement semblant! lui ai-je dit. M. Martin ne te laisserait pas présenter ça comme projet scientifique!

— Il le ferait peut-être si j'avais une ampoule électrique qui s'allumait quand je ferais entrer dans la machine le bout de papier portant le nom de la personne. Ça serait plus amusant, en tout cas, que de démontrer comment fonctionnent les aimants ou quelque chose du genre. J'ai d'ailleurs commencé à écrire des trucs sur certains des élèves pendant le cours de maths d'aujourd'hui. Veux-tu entendre ce que j'ai écrit sur toi? (Elle tira un bout de papier froissé de ses jeans.) Nathalie Webster, lut-elle. Amicale, mais parfois snob. Elle rêvasse beaucoup et tombe amoureuse à tout bout de champ.

— Qu'est-ce que tu veux dire par «snob», lui ai-je demandé.

— Tu sais bien. Tu te rappelles la fois où tu as eu une fête pour ton anniversaire et que tu ne m'as pas invitée?

— C'est la fois où tu as eu la varicelle et maman a eu peur que je l'attrape, si tu venais, ai-je rétorqué.

— N'empêche que tu ne m'as pas invitée.

Des fois, ça ne vaut pas la peine de discuter avec Janet.

— Bon, d'accord, ai-je dit, mais cette autre chose, à propos de «tomber amoureuse à tout bout de champ?» Tu ne peux pas inventer des choses juste comme ça!

— Bien sûr que je peux. En tout cas, c'est vrai. Tu es amoureuse de quelqu'un.

— De qui? lui ai-je demandé en rougissant.

— Je ne le dirai jamais, dit-elle d'un air narquois. C'est un secret, mais moi je sais;

et si ce n'était pas vrai, pourquoi rougis-tu comme ça?

— T'es folle Janet, et ton idée aussi.

J'ai été contente d'entendre la cloche sonner pour la fin de la récré. Mais j'étais pas mal sûre que Janet ne connaissait pas mon secret, qu'elle n'avait fait qu'inventer.

L'idée de Janet paraissait folle, c'est vrai; mais je devais admettre qu'elle semblait intéressante. J'ai pensé à toutes sortes de choses comme les cellules, les étoiles et l'électricité. Mais aucune ne me motivait. J'étais nulle pour tout ce qui touchait à l'électricité, et je ne valais absolument rien en matière de fils et de batteries. Tout ce à quoi j'arrivais à penser pour les étoiles, c'était de dessiner des cartes. Les cellules sont très petites, mais je pourrais peut-être emprunter un microscope au labo de l'école. Mais j'ai alors entendu dire que Marie Lacroix avait eu la même idée. Il fallait donc que je trouve autre chose.

C'est alors que je me suis rappelé nos abeilles. J'avais vu le film *L'essaim* à la télé. C'était à propos des abeilles qui tuent. Maman l'avait vu aussi, et elle avait dit:

— C'est absolument ridicule. Il y a des abeilles qui tuent, mais elle ne se conduisent pas du tout comme celles du film.

Nous n'en avons pas au Canada, Dieu merci!

Tout le monde parlait de *L'essaim* le lendemain à l'école. Je me suis dit que si Janet pouvait présenter un projet aussi fou que sa machine à analyser l'écriture (c'est ainsi qu'elle l'appelait, mais elle ne savait pas épeler «analyser») je pouvais bien présenter quelque chose sur les abeilles tueuses, en me servant de nos propres abeilles. Je me fabriquerais une grande pancarte avec les mots ABEILLES TUEUSES en grosses lettres écrits dessus. J'ajouterais peut-être un point d'interrogation, afin de ne pas dire réellement que les abeilles que je montrais étaient des tueuses. Je n'allais même pas me servir des abeilles qui piquent, les ouvrières. J'utiliserais des faux bourdons, ces mâles paresseux qui ne font rien sauf s'accoupler avec la reine. Ils ne piquent pas, mais ils vrombissent beaucoup. Ils sont gras et paraissent féroces.

J'espérais que ma pancarte d'ABEILLES TUEUSES attirerait l'attention de tout le monde, et que les gens liraient ensuite la feuille d'information que j'avais l'intention d'écrire sur les abeilles. J'y parlerais un peu des abeilles tueuses, mais j'expliquerais ensuite que les abeilles qu'ils regardaient étaient en fait de simples faux bourdons.

69

Encore fallait-il que je trouve un moyen de les présenter, si j'arrivais d'abord à les attraper. Ça n'allait pas être facile.

Quelques jours plus tard, M. Martin nous demanda:

— Alors ces projets scientifiques, ça s'en vient? Avez-vous besoin d'aide?

Janet a dit:

— Le mien est tout décidé, mais ça va être une surprise. (Elle ne voulait pas voir son projet annulé avant d'avoir pu le dévoiler à la classe.) Elle m'a dit qu'elle avait déjà écrit des choses écœurantes sur les casse-pieds, Billy et Kevin. Pour sa machine, elle avait pris une boîte à chaussures enveloppée de papier d'aluminium, surmontée d'une ampoule de lampe de poche recouverte de cellophane rouge. L'ampoule était reliée à une pile à l'intérieur de la boîte. Elle s'allumait lorsque Janet insérait un morceau de papier (sur lequel était écrit le nom de quelqu'un) par une fente sur la boîte — à condition de se rappeler de pousser sur un bouton en dessous.

Elle m'en a fait la démonstration le week-end suivant, que j'ai passé chez elle. Elle avait imaginé que la machine donnerait l'information sur un rouleau de papier de caisse-enregistreuse. Elle avait placé le rouleau sur un petit bâton à l'intérieur de la boîte, et mis sur le côté une manivelle rattachée au bâton par un trou dans la boîte. Quand elle tournait la manivelle, le papier sortait. Je lui ai fait remarquer qu'elle devrait faire attention de mettre dans la boîte les noms des élèves dans le même ordre que sur le rouleau. Sans quoi ça ne marcherait pas. Mais elle m'a dit qu'elle y avait déjà pensé.

Puis elle m'a demandé ce qui arrivait de mon idée:

— Tu ne m'en as encore rien dit, et il ne reste qu'une semaine.

— Je n'ai pas encore vraiment décidé. (Je voulais que ce soit une vraie surprise.)

— Bon, eh bien, essayons de décider maintenant, dit-elle. Il faudrait quelque chose de vraiment excitant. Une machine à faire des bonbons ou de la gomme baloune. Ou alors, une machine qui dit avec qui vous allez tomber amoureuse?

— Mais comment faire? Ces idées-là me paraissent aussi folles que celle de la machine à analyser l'écriture.

— Et pis après? (Janet disait toujours «Et pis après» quand elle n'avait pas une bonne réponse.) Tu sais ce que Jimmy Chan a inventé?

— Non, quoi?

— Il a inventé un périscope, et il l'a apporté à l'école ce matin avant que tu arrives. Kevin Windslow le lui a arraché et s'en est servi pour essayer de voir ce que j'avais sous ma robe.

— Qu'est-ce que tu as fait?

— Il était couché par terre, et je lui ai mis le pied là où ça fait vraiment mal, a-t-elle dit en riant. Il était toujours en train de se rouler par terre quand M. Martin est entré dans la classe. Alors, qu'as-tu l'intention de faire pour ton projet?

— Je vais penser à quelque chose.

Et pour changer de sujet, je lui ai demandé si elle avait continué de lire le journal de sa sœur.

— Non, me dit-elle en ronchonnant. Elle m'a attrapée la main dans le sac et on s'est battues et elle a mouchardé à maman. Maman m'a dit que je n'aurais pas dû faire ça, qu'un journal c'est personnel. Mets-en! Elle avait écrit des choses vraiment salées; mais les salées, je gage qu'elle les avait inventées. Je pourrais peut-être m'en servir dans ma machine à analyse.

— Je ne pense pas que ça ferait très plaisir à M. Martin, lui ai-je répondu.

— Ça mettrait en tout cas de la vie dans le cours. C'est tellement ennuyant, dit-elle en pouffant de rire.

Avec seulement trois jours devant moi avant de remettre mon projet, j'ai enfin trouvé le contenant qu'il me fallait pour présenter mes abeilles. C'est un autre petit aquarium qui ne servait plus, posé sur l'armoire dans notre classe. J'ai demandé à M. Martin si je pouvais l'utiliser le jour de la présentation des projets scientifiques.

— Bien sûr, à condition de ne plus mettre de guppys dans mon café, m'a-t-il répondu en riant.

Je ne lui ai pas dit ce que je voulais en faire, et il a dû penser que c'était pour des poissons. J'avais l'intention d'apporter les abeilles dans une boîte à chaussures et de les mettre dans l'aquarium avec un couvercle dessus, bien entendu. Je ne pouvais pas aller les chercher avant le jour où il fallait présenter les projets. Je savais que beaucoup d'entre elles mourraient si je les enfermais dans une boîte, sans nourriture.

La veille de la présentation des projets, en arrivant chez nous, j'ai laissé ma boîte à lunch dans le vestibule et j'ai crié:

— Salut, maman! Je suis arrivée, mais je ressors.

— O.K.! m'a-t-elle répondu en criant elle aussi.

Je pense qu'elle a ajouté quelque chose, mais je ne l'ai pas entendue, car je suis repartie tout de suite. Je voulais aller chercher les abeilles toute seule pour que ce soit un projet scientifique signé Nathalie Webster à cent pour cent.

J'ai couru à la petite cabane, près de la grange, où l'on gardait le costume et l'équipement dont on avait besoin pour approcher des abeilles. J'y avais mis la boîte à chaussures plus tôt dans la semaine. J'avais tenu le couvercle fermé avec du ruban collant et fait un trou sur le côté, fermé par un bouchon. J'avais une pince à épiler pour prendre les faux bourdons, et j'avais l'intention de les faire entrer un à un dans la boîte par le trou et de les empêcher de ressortir au moyen du bouchon. Ça n'allait pas être facile.

J'ai revêtu mon costume, en m'assurant que mon chapeau et mon voile étaient bien mis. J'ai ensuite enfilé mes longs gants. Puis, j'ai rentré les jambes de mon pantalon dans mes bottes de caoutchouc pour empêcher les abeilles de me piquer les chevilles. J'ai décidé de prendre l'enfumoir, tout en ne voyant pas comment j'allais pouvoir, à la fois, enfumer les abeilles, tenir les cadres et prendre les faux bourdons.

Je me suis rendue aux ruches. J'ai réussi à faire marcher l'enfumoir après quelques essais. C'est une espèce de boîte en fer blanc, avec un bec. On y brûle un morceau de sac à pommes de terre pour faire de la fumée, et on envoie des bouffées de fumée sur les abeilles en pressant un petit soufflet sur le côté de la boîte. La fumée est supposée tranquilliser les abeilles pour qu'elles ne vous attaquent pas quand vous ouvrez la ruche.

Quand l'enfumoir s'est mis à bien fonctionner, j'ai soufflé quelques bouffées et j'ai eu beaucoup de fumée. J'ai soufflé encore une bouffée devant l'entrée d'une des ruches, puis j'ai tranquillement levé le couvercle.

Une ruche est composée de boîtes qu'on appelle des magasins à miel. C'est là que les abeilles gardent leur miel, et ils sont toujours construits en dessous du compartiment réservé à la ponte, où se trouvent la reine, ses œufs, et les abeilles. Dieu merci! on avait déjà enlevé tous les magasins à miel quelques jours auparavant, les faux bourdons se trouvaient donc en bas, dans le compartiment à ponte. Je n'aurais jamais pu enlever un magasin à miel toute seule. Ils sont trop lourds.

J'y ai lancé quelques bouffées de fumée et j'ai attendu quelques secondes, en espérant que les abeilles soient de bonne humeur. Même complètement recouverte, ça me rendait un peu nerveuse quand elles me volaient dans la figure et bourdonnaient furieusement autour de mon voile.

J'ai enlevé le couvercle avec précaution et je l'ai mis par terre, à côté de la ruche. Les abeilles avaient l'air tranquille, et seulement une ou deux ont volé autour de moi. Il y a plusieurs cadres dans chaque compartiment. J'en voulais un près du centre, là où il y a beaucoup d'abeilles, y compris mes faux bourdons. J'ai déposé l'enfumoir, et j'ai enlevé, en le forçant avec mon outil, un des cadres extérieurs. Je l'ai déposé à mes pieds, et j'ai déplacé quelques autres cadres pour arriver à celui du milieu. Je l'ai enlevé en prenant mes précautions, parce que je ne voulais pas écraser la reine. Les abeilles sont restées tranquillement sur le cadre qu'elles recouvraient complètement, des deux côtés. J'ai été obligée de le poser par terre, afin d'avoir les mains libres pour prendre les faux bourdons. Je l'ai mis debout contre le cadre extérieur que j'avais déjà enlevé.

J'ai aperçu plusieurs faux bourdons et je me suis mise à les prendre un par un avec mes pinces à épiler, puis à les mettre dans la boîte en m'assurant, chaque fois, que le bouchon était bien mis. Ça prenait du temps, mais je me suis vite améliorée et ça a été plus vite. Je n'en ai pas trop écrasé, mais les mâles bourdonnaient très fort quand je les prenais, et quelques ouvrières ont paru un peu fâchées. J'ai remis le cadre et, comme il n'y avait plus de mâles, j'ai lancé une autre bouffée de fumée sur la ruche. J'ai failli me sentir mal quand le cadre m'est presque tombé des mains, mais la plupart des abeilles sont restées tranquilles. J'ai travaillé vite et, quand j'ai eu environ cinquante faux bourdons, j'ai remis les cadres, j'ai replacé le couvercle et j'ai ramassé ma boîte, l'enfumoir et l'outil. Même s'il faisait froid, ce jour-là, j'étais tout en sueur sous mon costume.

Je me suis vite changée, et j'ai couru à la maison mettre la boîte de faux bourdons dans le vestibule. J'avais l'intention de les transporter dans ma chambre plus tard, pour les garder au chaud, mais je ne voulais pas que maman me demande ce que j'avais dans la boîte. Quand je suis arrivée dans la cuisine, elle était sur son trente et un. Elle avait mis sa jolie robe fleurie.

— Ah, te voilà! Je t'appelle depuis un bon moment. Où étais-tu donc?

— Dehors.

— Tu es certaine que ça va? demanda maman. Tu as l'air d'avoir chaud.

— Oui, ça va.

— Je dois aller présenter notre projet de terrain de jeux devant la Commission scolaire. Si je ne pars pas tout de suite, je vais être en retard. Je ne serai pas de retour pour le souper. Il y a du poulet dans le frigo. Réchauffe-le au four à micro-ondes et prépare des petits pois ou du brocoli. Je mangerai plus tard. Je reviendrai aussitôt que possible. O.K.?

Elle a attrapé son sac à main et les boîtes contenant la maquette du terrain de jeu sur le sofa. Puis, elle est sortie dans le vestibule, tandis que j'allais prendre le poulet au réfrigérateur.

J'ai entendu partir l'auto, et j'ai mis trois morceaux de poulet sur une assiette. J'avais faim après avoir travaillé avec les abeilles. Je me suis mise à chercher les petits pois dans le congélateur. J'en ai sorti un paquet, ce qui m'a fait penser que le vestibule n'est pas très chaud. Alors j'ai décidé de transporter les faux bourdons dans ma chambre.

Je suis allée dans le vestibule et j'ai ramassé la boîte à chaussures. Elle m'a paru lourde. Je l'ai secouée, et au lieu de bourdonner, elle a fait un bruit de métal. J'ai soulevé le couvercle, pour voir, à ma grande horreur, des bouts de plantes grimpantes et des morceaux de la maquette faites en bâtons de popsicles. «Oh non! Maman a emporté mes abeilles! Elle a dû poser ses boîtes sur la tablette du bas pour une minute et ramasser la mienne par erreur!» Je suis retournée à la cuisine en courant pour essayer de lui téléphoner. J'ai cherché le numéro du bureau de la Commission scolaire, et je l'ai composé frénétiquement. J'ai écouté sonner le téléphone; sans réponse. J'ai alors jeté un coup d'œil à l'horloge au-dessus du poêle; il était juste passé cinq heures. Le personnel avait dû aller à la réunion dans la salle du conseil à côté, d'où on ne pouvait pas entendre le téléphone.

«Qu'est-ce que je peux faire?» me suis-je demandé. Jamais je n'arriverais assez vite en ville à bicyclette, avec toutes ces côtes. C'est alors que, sans hésiter, j'ai pris la clé du tracteur sur le porte-clés, endossé mon blouson, ramassé la boîte d'affaires pour le terrain de jeux et couru au hangar où l'on garde les machines.

Je me suis perchée sur le haut siège de notre vieux tracteur John Deere. Je l'avais conduit une ou deux fois déjà à basse vitesse dans un champ, en tirant sur un disque quand maman préparait la terre pour les semences. Je n'étais pas très sûre de moi pour conduire sur la route.

J'ai mis la boîte à chaussures entre mes pieds. J'avais drôlement peur en mettant la clé dans le contact. Le tracteur me paraissait

79

énorme. J'ai mis le levier de changement de vitesses au neutre tout en appuyant sur la pédale d'embrayage. J'ai presque été obligée de me tenir debout pour l'atteindre. J'ai mis le contact pour faire partir le moteur. Le moteur a ronronné un peu, il a toussé une ou deux fois, mais il n'est pas parti. L'étrangleur! J'avais oublié l'étrangleur. J'ai tiré le bouton et j'ai essayé encore une fois. Le moteur a ronronné, il a toussé et, cette fois-ci, une bouffée de fumée noire a jailli du tuyau d'échappement; mais il ne partait toujours pas.

«Envoie, envoie! que je le suppliais. Pars! Pars!»

Maman appelait le tracteur «Ami fidèle», parce qu'avec elle, il démarrait toujours facilement. Je priais pour qu'il fasse honneur à son nom. J'ai essayé encore une fois, en appuyant un peu plus sur l'accélérateur. Il avait peut-être besoin de plus d'essence. Le moteur ronronna, toussa. Une autre bouffée de fumée sortit du tuyau d'échappement et il y eut une grosse détonation. Ça m'a fait sauter et j'ai failli tomber en bas de mon siège; mais le moteur est parti et j'ai mis le tracteur en marche arrière pour sortir du hangar. «T'étouffe pas! T'étouffe pas, s'il te plaît!» J'ai fait reculer lentement le tracteur dans la cour. J'ai tourné le volant et je suis passée en première, en m'aidant des chiffres sur le levier de vitesses. J'ai enlevé mon pied lentement de la pédale d'embrayage et le tracteur s'est mis à avancer par secousses le long de l'allée, vers la route.

Arrivée au bout de l'allée, je me suis arrêtée pour m'assurer que rien ne venait. J'ai alors engagé le tracteur sur la route de gravier, vers la ville. J'étais toujours en première, mais j'allais plus vite encore. J'ai fermé l'étrangleur, le moteur a ralenti un peu, et je suis passée en seconde. J'avais l'impression de voler, mais je savais que je mettrais encore longtemps avant d'arriver en ville. Je suis passée en troisième, et alors ça a vraiment décollé. Les poteaux de téléphone défilaient à toute vitesse pendant que «l'Ami fidèle» fonçait en avant. «Pourvu que je ne rencontre pas trop de trafic!» priais-je.

Quand j'ai atteint la route asphaltée, qui était plus large, j'ai de nouveau vérifié ce qui venait. J'ai attendu qu'un gros camion soit passé avant de laisser avancer le tracteur en première, passant rapidement en seconde, puis en troisième. Je commençais à m'habituer, et je me suis concentrée sur la nécessité de garder le tracteur sur le côté droit de la route. En passant en quatrième, j'ai ouvert les gaz. Je me suis mordu la lèvre. O.K.! J'ai poussé un soupir de soulagement. J'allais réussir! Mais est-ce que je serais là à temps?

Comme j'arrivais dans la banlieue, j'ai ralenti et je suis passée à une vitesse inférieure. Il ne s'agissait surtout pas d'avoir un accident, maintenant que j'étais presque au but. Je roulais à présent dans la rue Principale. J'ai failli paniquer quand un camion est arrivé derrière moi à toute vitesse et, qu'après m'avoir talonnée de près, il m'a dépassée. J'ai aperçu les bureaux de la Commission scolaire en avant de moi, de l'autre côté de la rue. J'ai ralenti, j'ai jeté un coup d'œil rapide en arrière et en avant et j'ai braqué à gauche pour traverser. Je fonçais droit sur l'immeuble! J'ai appuyé à fond sur les freins, mais pas assez vite. Je me suis mordu la lèvre lorsque le tracteur s'est arrêté, avec les deux roues avant à cheval sur le trottoir. J'ai éteint le moteur et sauté en bas. J'avais les jambes flageolantes, mais j'ai attrapé la boîte à chaussures et j'ai couru vers la porte.

6

Je me suis précipitée dans le hall, et là j'ai aperçu la porte marquée *Salle du Conseil*. J'ai poussé la porte, maman était debout en train de parler aux membres de la Commission scolaire. M. Martin était assis à côté d'elle, et il assemblait la maquette du terrain de jeux sur la table. J'ai crié «Maman! Maman!» Maman s'est arrêtée de parler, estomaquée. Au même moment, M. Martin a soulevé le couvercle de ma boîte, et les faux bourdons se sont échappés en masse, en bourdonnant furieusement.

Instantanément, tout le monde a perdu la tête. C'était exactement comme une scène de L'essaim, et, étant donné la façon dont les gens se conduisaient, je suis sûre qu'ils avaient tous vu le film.

Mme Bompas s'est mise à crier. M. Cranshaw, le président de la Commission, tapait sur la table avec son marteau, sans remarquer que, ce faisant, il écrasait quelques faux bourdons. J'ai crié:

— Ils ne vous piqueront pas!

Mais personne n'écoutait. M. Wentworth s'est précipité vers la porte en hurlant:

— Je suis allergique aux abeilles! Laissez-moi sortir!

Mme Appleby et M. Gordon se sont levés d'un bond, sans trop comprendre ce qui se passait. Maman et M. Martin étaient figés d'horreur.

Les abeilles, confuses et agitées comme toujours, volaient partout, bourdonnaient, fonçaient dans les murs et sur les gens. Mme Bompas a crié encore plus fort quand M. Gordon a fait voler un faux bourdon dans sa blouse décolletée où il s'est mis à bourdonner entre ses Dolly Parton. Mme Bompas portait toujours des blouses décolletées et des jupes courtes, et maman disait que ça lui donnait l'air ridicule parce qu'elle était trop grassette. Elle l'était encore plus maintenant car elle se tapait furieusement sur la poitrine. M. Gordon a reçu une baffe en pleine figure quand il a essayé d'aider à faire sortir l'abeille.

M. Cranshaw, lui, tapait toujours du marteau en criant: «Silence! Silence!» comme s'il n'arrivait pas à croire que les abeilles n'obéissaient pas au président. Tout ce temps-là, je criais moi aussi: «C'est seulement des faux bourdons! C'est seulement des faux bourdons!» Mme Appleby a décidé finalement que M. Wentworth avait eu une bonne idée, et elle est sortie, entraînant tout le monde avec elle, excepté maman, M. Martin et M. Cranshaw, qui essayait toujours de tenir la réunion.

Maman était toute chavirée; ça se voyait. M. Gordon est réapparu en portant une canette d'insecticide et il s'est mis à vaporiser la salle à tour de bras. Il y eut bientôt tant de vapeur, que M. Cranshaw s'est mis à étouffer. Maman l'a pris par le bras et l'a aidé à sortir de la pièce, en me jetant un regard qui voulait dire: «Comment as-tu pu me faire ça? Tu fais mieux d'avoir une bonne explication à me donner.»

M. Martin a ramassé les pièces de la maquette du terrain de jeu pendant que les faux bourdons tombaient par terre sous les assauts de M. Gordon, après avoir lancé leur dernier bourdonnement. Je restais figée devant la catastrophe que j'avais causée, mais M. Martin m'a prise par le bras et m'a entraînée vers la sortie.

Nous sommes arrivés juste à temps pour voir maman, furieuse et embarrassée, sauter sur le siège de «l'Ami fidèle» et partir dans la rue. Il était bien évident qu'elle ne voulait pas le laisser devant les bureaux de la Commission scolaire, où j'avais causé un tel désastre. Elle avait l'air vraiment drôle au volant d'un tracteur avec sa belle robe. Je savais qu'elle était vraiment en colère du fait qu'elle avait sauté sur le tracteur et qu'elle était partie. M. Martin et moi étions restés sur le trottoir et, avant de tourner le coin à bord de «l'Ami fidèle», elle s'est retournée une fois.

— Allons, viens. Je vais te reconduire chez toi, m'a dit M. Martin.

Il m'a fait monter dans sa voiture et est retourné dans l'immeuble quelques minutes. Je l'ai aperçu sur les marches en train de parler à M. Cranshaw et M. Gordon. Mme Bompas et M. Wentworth sont passés près de l'auto un instant plus tard et j'ai baissé la tête pour ne pas être vue. Mme Bompas paraissait sonnée. Elle se secouait, en s'épongeant le cou et la poitrine avec son mouchoir. M. Wentworth avait les cheveux dressés sur la tête, là où il s'était passé la main pour voir s'il ne s'y cachait pas d'abeille.

M. Martin est revenu et a monté dans la voiture.

— O.K.! me dit-il, il vaut mieux que tu dises ce qui s'est passé.

— Je suis désolée. Je n'avais pas prévu ce qui est arrivé. (Je savais que j'avais les larmes aux yeux.) Je suis désolée, mais j'ai essayé de l'avertir. C'était mon projet scientifique.

— Tu voulais voir la réaction des gens quand tu lâcherais parmi eux une boîte pleine d'abeilles? ricana-t-il en me tapotant le bras.

C'est une des choses que j'aime de M. Martin: son sens de l'humour. Je l'ai regardé et je lui ai souri. Il stoppa, tira un mouchoir blanc de sa poche de poitrine et me le tendit.

— Tiens, dit-il. (Je me suis essuyé les yeux.) Allons, raconte.

— J'allais exhiber mes abeilles dans l'aquarium de la classe, pour mon projet scientifique, demain. Ce ne sont que de faux bourdons. Ils ne piquent pas. Tous les élèves ont vu *L'essaim* à la télé, et les abeilles les intéressent. J'ai déjà écrit toute ma présentation. Maman a pris ma boîte de faux bourdons à la place de celle-ci. (J'avais la boîte de la maquette du terrain de jeux, sur les genoux.) Pensez-vous qu'on va annuler le terrain de jeux? Dans ce cas-là, maman va me tuer, et tous les élèves vont m'en vouloir à mort.

87

— Je pense bien arriver à tout expliquer, bien que ça risque de prendre un peu de temps pour calmer Mme Bompas et M. Wentworth. (Il redémarra et se mit à rire.)

Nous étions à mi-chemin de la maison quand j'ai aperçu maman, toujours juchée sur «l'Ami fidèle». Rien qu'à la voir conduire aussi vite, je savais qu'elle était toujours en colère. «L'Ami fidèle» lui-même paraissait en colère, à en juger par la poussière que faisaient voler ses roues.

M. Martin a dépassé maman. Je n'ai pas osé me retourner. Quand nous avons été bien en avant d'elle, il s'est rangé sur l'accotement et il a arrêté le moteur. Il m'a tapoté la main, en disant:

— Je vais aller parler à ta mère, reste ici.

Il descendit de voiture et marcha à sa rencontre.

Je suis restée assise en me croisant les doigts. «S'il vous plaît, faites que tout s'arrange! priais-je. J'ai vraiment gâché les choses cette fois-ci! Maman est fâchée contre moi. Je l'ai embarrassée et j'ai peut-être mis fin à toutes les chances de voir construire le terrain de jeux. M. Martin va me prendre pour une petite dinde. Quelle idée stupide que ces faux bourdons!» À ce moment-là, j'ai jeté un coup d'œil en arrière et j'ai vu M.

Martin debout à côté du tracteur, levant les yeux vers maman et lui tenant la main.

J'ai détourné les yeux et j'ai poussé un grand soupir. Si seulement il me tenait la main comme ça. Il essayait sans doute tout simplement de la calmer. J'espérais qu'il arriverait à persuader maman que ce n'était pas de ma faute.

Je l'ai entendu ouvrir la portière et il est remonté dans l'auto. Je l'ai regardé démarrer.

— Ça va être O.K., m'a-t-il dit. Je lui ai expliqué ce qui s'était passé.

— Merci! lui ai-je répondu, et je pense que je n'ai jamais été aussi amoureuse de lui qu'à ce moment-là.

Mes yeux se sont remplis de larmes, encore une fois, et, tout en conduisant, il m'a tapoté la main.

Une fois à la maison, je suis allée à la salle de bains pour me laver la figure et lui donner l'occasion de parler de nouveau à maman. Il m'avait dit de rentrer et que lui l'attendrait dehors. Je me suis regardé les yeux dans le miroir. Ils n'étaient pas trop rouges, mais j'avais les cheveux défaits à cause de la randonnée en tracteur. Je me suis peignée et, ensuite, je me suis étendue sur mon lit. Je n'étais pas vraiment encore prête à affronter maman.

Je me suis promis de me racheter auprès d'elle; et il faudrait aussi que je fasse connaître mes sentiments à M. Martin.

Il m'avait dit que mon projet scientifique était une bonne idée et que ce n'était pas de ma faute.

J'ai dû m'assoupir à ce moment-là, parce que la première chose que j'ai su, maman frappait à ma porte. Elle a passé la tête dans l'entrebâillement et elle m'a souri!

— Prête à venir souper?

Elle est venue me prendre dans ses bras.

— C'est O.K. Éric m'a tout raconté. C'est de ma faute, j'étais tellement pressée. Désolée d'avoir gâché ton projet scientifique.

Je l'ai embrassée à mon tour.

— Ce qui m'a le plus bouleversée, c'est de me rendre compte que tu avais conduit ce vieux tracteur jusqu'en ville. Tu aurais pu te faire tuer! Je sais pourquoi tu l'as fait, maintenant. Mais quand je suis sortie de l'immeuble, après l'incident des abeilles, je voulais fuir le plus loin possible. Je n'ai pas pris le temps de penser, et quand j'ai vu «l'Ami fidèle», j'ai été encore plus bouleversée. Je ne pouvais absolument pas laisser le tracteur devant les bureaux de la Commission pour rappeler ce qui s'était passé. Il me fallait l'éloigner à tout prix; alors j'ai tout simplement grimpé dessus, et je suis partie. J'étais très fâchée contre toi. Je le regrette. Je t'ai aperçue avec Éric avant de tourner le coin, et j'ai su qu'il te ramènerait à la maison.

Nous nous sommes embrassées de nouveau, et nous avons toutes les deux pleuré un peu.

J'étais heureuse. Éric — elle l'avait appelé Éric. D'habitude elle disait, en parlant de lui: M. Martin.

— Pourquoi l'as-tu appelé Éric? lui ai-je demandé.

— Eh bien, c'est un très bon ami pour nous deux.

— Lui, est-ce qu'il t'appelle Jennifer?

— Des fois, dit-elle, en essuyant une larme. Maintenant, allons souper.

Nous avons mangé le poulet, sans reparler de ce qui avait eu lieu. Après souper, le téléphone a sonné et maman est allée répondre. Je l'ai entendu dire: «Mon Dieu...», et ensuite: «Merci encore pour tout. Je l'apprécie vraiment.»

— C'était M. Martin, a dit maman. Il a tout expliqué à M. Cranshaw, qui semble avoir le sens de l'humour. Il n'est pas trop sûr en ce qui concerne Mme Bompas et M. Wentworth, surtout Mme Bompas. Elle voudrait utiliser l'argent du terrain de jeux pour faire repeindre le gymnase du secondaire, et M. Cranshaw s'attend à avoir beaucoup à faire pour arriver à lui faire changer d'idée. Allons, ajouta-t-elle en souriant, ne nous inquiétons pas inutilement. On arrivera bien à le faire aménager. À propos, Éric m'a dit que nous n'aurions probablement pas à faire une autre présentation du terrain de jeux à la Commission scolaire. C'est un soulagement.

Ce soir-là, j'ai fait un autre rêve folichon. M. Cranshaw écrasait les faux bourdons avec son marteau à mesure que je les lui passais, et Mme Bompas, attifée du chapeau et du voile des apiculteurs, épousait M. Martin.

7

Le lendemain, à l'école, tous les élèves ont dévoilé leurs projets scientifiques, sauf moi. Dès mon arrivée, Janet m'a demandé:

— Où est ton projet scientifique?

— Ça n'a pas marché, lui ai-je répondu. J'ai seulement apporté mon exposé. (J'avais ma pancarte et mon texte sur les abeilles tueuses enroulés sous mon bras.)

M. Martin nous a dit que nous pouvions prendre la matinée pour montrer et expliquer notre projet scientifique à la classe. Il m'a regardée en disant:

— Qui va passer en premier?

Personne ne s'étant proposé, il nous a dit qu'il désignerait lui-même quelqu'un. Le premier choisi, Jimmy Chan, nous a montré son périscope et nous a expliqué son fonctionnement. J'ai entendu Janet renifler de mépris et marmonner quelque chose à propos de Kevin qui s'en était servi pour voir sous les robes des filles.

Après Jimmy, un tas d'élèves se sont portés volontaires. M. Martin a inscrit au tableau noir les noms de ceux qui avaient levé la main, et ils sont venus expliquer, chacun à leur tour, leurs expériences et leurs gadgets.

Tony Jackson nous a démontré comment marchait son appareil d'identification des oiseaux, une carte avec des images d'oiseaux dont les noms étaient mélangés. Quand on touchait un oiseau avec un fil électrique, et le nom correspondant avec un autre, une petite ampoule s'allumait. M. Martin a trouvé ça pas mal bon et moi aussi, jusqu'à ce que je me rappelle tout à coup que le père de Tony Jackson était électricien et qu'il l'avait probablement aidé.

Kathy Kuryluk nous a montré un petit volcan en papier mâché qui lançait de la fumée et d'autres choses censées être de la lave quand on y allumait des produits chimiques qu'elle avait placés à l'intérieur. La salle s'est vite remplie de fumée, et M. Martin a dû ouvrir une fenêtre.

Paul Schwitzer avait apporté une gerbille qui était censée courir dans une roue en produisant de l'électricité, et allumer une ampoule. Mais la fumée du volcan de Kathy et tous les jeunes qui la regardaient lui faisaient trop peur. Elle a refusé de courir dans la roue.

Après la récré, ça a été mon tour, et je leur ai montré ma pancarte à propos des abeilles tueuses et j'ai mentionné *L'essaim*. M. Martin était assis à l'arrière de la classe. Je l'ai vu sourire une ou deux fois, et je me suis dit qu'il devait penser à ce qui s'était passé la veille. Personne, en dehors de M. Martin, ne savait que j'avais eu l'intention de leur montrer de vraies abeilles. Mes camarades étaient intéressés par ce que je leur disais des abeilles ordinaires aussi bien que par les abeilles tueuses, et ils m'ont posé des questions. Ils ont vraiment aimé les échantillons de miel des rayons de la ruche, que maman m'avait enveloppés ce matin-là. Quand j'ai eu terminé, M. Martin m'a dit que j'avais fait une bonne présentation.

Le clou de la journée, cependant, a été la machine à analyser l'écriture de Janet. Elle s'était servie d'un morceau de carton pour faire un panneau et j'ai pu voir qu'elle avait épelé le mot «analyse» de travers encore une fois. Elle avait trouvé un livre sur l'écriture à la bibliothèque, et s'était servie d'une ou deux des idées qui s'y trouvaient sur son panneau. Le reste, naturellement, elle l'avait inventé. Elle a expliqué qu'elle avait besoin d'un échantillon de l'écriture de chacun. Tous les élèves ont consenti tout de suite à écrire leurs noms. Janet a alors expliqué que sa machine leur dirait leur caractère et leur prédirait même peut-être leur avenir.

Elle nous a distribué des bouts de papier et on y a tous écrit nos noms. Ensuite elle les a ramassés et a pris une ou deux minutes pour les mettre en ordre. Les copains l'ignoraient, mais moi je savais qu'elle était en train de les mettre dans le même ordre que les noms qu'elle avait écrits sur le rouleau.

Quand elle a été prête, elle a lu le premier nom, et elle a mis le bout de papier dans la fente sur la boîte. L'ampoule rouge s'est allumée, et elle a tourné la manivelle sur le côté pour faire sortir l'analyse du copain en question.

Steven Bradshaw, le cerveau de la classe, a été le premier à sortir. Janet a lu: «Cette personne est très intelligente et a de bonnes notes dans tous les sujets. Elle sera probablement un chirurgien du cerveau ou un savant.»

Tout se passait bien mais, à un moment donné, M. Martin a eu l'air un peu inquiet, et il a tenu une conversation à voix basse avec Janet, après avoir entendu une ou deux analyses qui lui avaient paru un peu grossières, comme celle de Betsy Bridges: Elle aurait quinze enfants et deux aventures. (Janet aimait le mot «aventure» et elle s'en servait dans quelques analyses.) Elle a assuré M. Martin que personne ne s'en formaliserait et il l'a laissée continuer après que la classe lui eut fait comprendre que ça ne dérangeait personne; au contraire tout le monde adorait ça et voulait en entendre encore.

Elle décrivit Paul Lemay: «Bon envers les animaux, élève studieux, amical, et superbement musclé». Janet l'aimait bien et aurait bien voulu qu'il l'aime aussi.

Au sujet de Tony Jackson, elle dit: «Cette personne est un peu m'as-tu-vue, mais seulement des fois. Elle aime beaucoup la gomme baloune et ne devrait pas embêter les autres élèves.» Une fois, elle a déchiré trop de papier à la fin du rouleau, et elle a été obligée de mettre le doigt dans la boîte pour trouver l'analyse de Michelle Carson. Elle a fini par la remettre en marche.

— Billy Pinchback... Qu'est-ce que la machine à analyser peut bien dire de lui?

On était tous dans l'expectative. Janet nous fit attendre, ravie de voir le silence et le suspense qu'elle suscitait. On connaissait tous son sentiment envers Billy. Celui-ci avait la bouche fendue jusqu'aux oreilles, fier de son rôle de casse-pied de la classe, de même que Kevin Winslow, qui lui rendait son sourire. «Cette personne, lut Janet, sera bientôt un des meilleurs élèves de l'école, travaillant fort pour améliorer ses notes dans tous les sujets. Il n'embêtera plus ses camarades, surtout les filles. À partir de maintenant, il va changer. Parce que, ajouta Janet, s'il ne change pas je vais dire un gros secret qui est écrit ici, à propos de lui.» Billy souriait toujours, mais il a quand même eu l'air inquiet pendant une seconde. J'imagine qu'il devait se demander si Janet connaissait vraiment un secret à son sujet.

Quand elle en est venue à mon nom, elle a lu: «Cette personne veut être vétérinaire. Elle épousera l'homme de ses rêves.» La classe s'est mise à glousser et moi à rougir. J'ai cru, un instant que Janet en savait plus long que je ne pensais et qu'elle allait nommer M. Martin comme étant mon futur mari. J'ai été soulagée quand elle est passée au suivant.

C'était supposé être Kevin Winslow, mais Alex Klemchuck était absent. Comme elle n'avait pas envisagé d'absences, Janet lut l'analyse d'Alex pour Kevin. Tout ce qu'elle dit de lui était plutôt gentil, de sorte qu'après, elle a eu l'air perplexe. Le reste de la classe aussi, et même Kevin, qui la soupçonnait de vouloir lui jouer un tour. Elle se rendit compte de son erreur et se préparait à lire celle qui convenait à Kevin, lorsque M. Martin a dit:

— Très bien, Janet, et merci. Mais je pense que nous devrions donner la chance aux autres de nous exposer leurs projets avant que notre temps soit écoulé.

C'est une bonne chose qu'elle n'ait pas pu lire ce qu'elle avait écrit sur Kevin, parce qu'elle m'a dit ensuite qu'elle l'avait décrit comme un futur maniaque sexuel, qui serait condamné à la prison à vie ou, au moins, à la chaise électrique.

Quelques jours plus tard, la nouvelle du désastre des abeilles s'est mise à circuler. Elle a paru dans *Le Clairon d'Elmwood* sous la manchette: «La Commission bourdonne d'excitation». Je ne m'étais pas rendu compte de la présence d'un journaliste dans la salle du conseil. Heureusement, l'article ne faisait pas mention de mon rôle dans le désastre, parce que le journaliste avait pris ses jambes à son cou pour se précipiter dehors comme tout le monde quand les abeilles s'étaient échappées. Il ne savait pas exactement d'où elles étaient venues. On lisait dans le journal: «Les abeilles sont soudainement apparues pendant que Mme J. Webster, représentant le comité parents-maîtres de l'école primaire d'Elmwood, présentait un projet de terrain de jeux d'aventure pour l'école.» Le journal poursuivait: «Ce serait peut-être une excellente chose si de tels incidents se produisaient plus souvent, ne serait-ce que pour empêcher les gens de discourir indéfiniment.»

La mère de Janet l'a évidemment appris de maman, et j'ai dû tout raconter à Janet. Elle était pliée en deux quand je lui ai décrit ce qui était arrivé à Mme Bompas. Son respect pour M. Martin augmenta de plusieurs crans quand je lui ai dit comment il avait tout expliqué à maman.

— Ta mère est formidable, elle aussi, me dit-elle. La mienne me tuerait si je faisais quelque chose comme ça, même si ce n'était pas de ma faute.

Bien que mon nom n'ait jamais été mentionné, tous les élèves savaient que la Mme J. Webster dans l'article était ma mère. Il y en a qui ont fait des remarques et, pendant quelques jours, j'en ai entendu un ou deux bourdonner en me regardant. Janet est une véritable amie, parfois: elle les a fait taire en les dévisageant pour leur faire comprendre «qu'il valait mieux qu'ils se taisent, sinon ils ne perdaient rien pour attendre».

8

J'ai décidé d'écrire un poème d'amour. Un billet ne suffirait pas. Il fallait que ce soit un poème, une sorte de valentin où je lui exprimerais mes sentiments. Pas le genre de valentin qu'on s'envoie entre copains à la Saint-Valentin, ni de ceux qu'on adresse à son professeur, du genre: *Vous êtes la crème de la crème*, avec un carton de crème à 35% dessiné dessus. C'était sérieux. Il fallait que je lui fasse comprendre comment je me sentais vis-à-vis de lui. Je ne pouvais pas simplement aller à lui et lui dire: «M. Martin ou Éric, je vous aime. Voulez-vous m'épouser quand je serai grande?» De toute façon, je continuais de penser que c'était l'homme qui devait demander la fille en mariage, bien qu'à la télé, j'avais vu une fille demander à un homme. Ce que je voulais faire, c'était lui donner un signe.

Janet croit dur comme fer aux signes et aux amulettes. Elle porte souvent un pied de lapin sur une chaîne autour du cou pour attirer la chance, surtout les jours d'examen. Elle dit que, des fois, il faut provoquer les choses, aider l'amulette à agir, comme écrire quelques réponses sur le dos de sa main avant un examen.

Bon, eh bien, j'allais aussi faire arriver les choses. Je ne pourrais pas continuer comme ça bien longtemps. Je savais que, à cause de son âge et de sa situation, M. Martin ne pouvait pas me faire connaître ses sentiments par un signe. Il n'en tenait donc qu'à moi. Et voilà pourquoi j'ai décidé de lui écrire un poème d'amour.

J'ai passé des heures à chercher des idées dans les recueils de poésie à la bibliothèque et dans quelques livres que nous avions à la maison, mais sans trouver rien à mon goût. Il fallait que ce soient mes propres mots, mais je voulais que ça soit bien.

Sur de vieux disques de maman à la maison, j'ai trouvé deux chansons: une de la chanteuse Doris Day appelée: *Amour secret*, et une autre de Paul Anka, intitulée *Diana*, qui commençait par ces mots: *Je suis si jeune et tu es si vieille.* Je les ai fait jouer des tas de fois, parce qu'ils disaient ce que je voulais dire, mais je voulais quand même employer mes propres mots. *Amour secret* était mon préféré. C'était affreux d'être obligée de cacher mes sentiments. Si seulement j'avais su qu'il se sentait comme moi et qu'il attendrait jusqu'à ma graduation, tout aurait été parfait. Ce serait notre secret. En sachant qu'il allait m'attendre, je serais heureuse.

Je me suis assise et j'ai essayé d'écrire mon poème des douzaines de fois, mais ça n'était jamais ça. Je commençais par des phrases comme: «Mon amour pour vous ne mourra jamais» mais, après ça, mes idées et mes mots se mélangeaient avec les mots de *Amour secret* et de *Diana*. J'ai même pensé commencer le poème par une phrase du style: «Je suis si jeune et toi si vieux», mais j'ai eu peur que M. Martin ne soit insulté. Les adultes n'aiment pas se faire dire qu'ils sont vieux. De plus, si maman connaissait cette chanson-là, il la connaissait probablement lui aussi, et il saurait que le poème n'était pas de moi.

Une ou deux fois, maman m'a trouvée dans ma chambre devant des feuilles de papier couvertes de gribouillages, en train de mordiller mon crayon.

— Tu fais tes devoirs? m'a-t-elle demandé une fois.

— Euh, oui...

— As-tu besoin d'aide?

— Non, non, lui ai-je répondu en vitesse. Je travaille juste à une histoire; ce n'est pas vraiment un devoir. Je ne fais que griffonner.

J'ai décidé d'arrêter d'essayer d'écrire quand maman était là.

Ça me rendait nerveuse. J'attendrais l'heure du coucher. Des fois, avant de m'endormir, je lisais dans mon lit. J'écrirais mon poème à ce moment-là.

Ça ne marchait toujours pas. Je chiffonnais les bouts de papier, les uns après les autres, et je les enfouissais dans mon tiroir, dans l'intention de les brûler dans notre foyer. Je ne voulais laisser traîner aucun indice que maman pourrait trouver. Ça lui donnerait un choc et, même si elle est compréhensive, ce n'est pas le genre de chose dont je pourrais discuter avec elle. Je ne pensais pas qu'elle comprendrait mes sentiments envers M. Martin. Je ne les comprenais pas moi-même. Je savais seulement que je les avais.

Au cours des deux semaines suivantes, je me suis battue avec mon poème, jamais contente de mes efforts. Une fois, je me suis endormie avec ma lumière allumée et un crayon à la main. Je me suis réveillée en sursaut quand maman a éteint. Je me suis dressée sur mon lit et j'ai rallumé. J'avais toujours en main le papier et les mots que j'y avais écrits. Maman ne l'avait pas remarqué. Je l'ai relu: Même si j'ai seulement onze ans (je mentais; je n'aurais onze ans que dans trois mois), je vous écris pour vous dire que je vous aime. «Merde! me suis-je dit. On dirait un de ces affreux valentins!» J'ai froissé le papier et je l'ai lancé dans mon tiroir. Ensuite, j'ai éteint de nouveau.

Sans doute me suis-je endormie à ce moment-là, et j'ai dû rêver, parce que, quand je me suis réveillée et que j'ai allumé, il était trois heures du matin et des tas de mots couraient dans ma tête pour mon poème. J'ai attrapé mon crayon et une autre feuille de papier. J'étais inspirée! Au bout de seulement quelques minutes, j'avais terminé mon poème. Cette fois, je l'avais! Je l'avais gribouillé rapidement, mais je l'écrirais — de ma meilleure écriture — le lendemain.

J'étais très heureuse en m'endormant.

J'avais l'intention de glisser mon poème dans son cahier de textes sur son bureau à la fin de la journée. Je ne voulais pas qu'il le trouve et qu'il m'en parle avec tout le monde dans la classe. Je voulais qu'il le lise seul, sans interruption. Ce poème devait être lu privément, et non avec vingt-quatre «ti-culs» en train de babiller et de se lancer des boulettes de papier.

J'avais mis mon poème dans une enveloppe, après l'avoir aspergé de quelques gouttes d'un des parfums de maman avant de la cacheter. Le parfum s'appelait *Premier Amour*, un nom parfait.

J'ai porté mon poème pendant trois jours dans ma boîte à lunch, en allant à l'école et en revenant, sans jamais trouver l'occasion de le glisser dans son cahier de textes.

J'ai commencé à craindre qu'il perde sa senteur parfumée ou qu'il prenne une odeur de sandwich au thon. Je n'avais pas le courage de le lui donner. Je voulais qu'il le trouve quand je ne serais pas là mais, en même temps, je mourais d'envie de voir sa réaction quand il le lirait.

Chaque fois que la cloche annonçait la fin des classes, il était ou bien assis à son bureau en train de nous lire quelque chose, ou bien debout près du tableau noir, nous parlant des étoiles ou d'autres sujets. Il nous disait, à nous qui prenions l'autobus scolaire, de ranger nos livres, de ramasser nos affaires, et de nous mettre en rang. Nous étions toujours les premiers à partir. J'étais chaque fois obligée de glisser l'enveloppe dans ma boîte à lunch et d'aller rejoindre les autres en attendant la dernière cloche.

Ce n'est que le vendredi que j'ai eu l'occasion d'agir. Juste avant la fin de la classe, alors qu'on était en train d'écrire des mots de vocabulaire dans nos cahiers de brouillon. Il nous dit:

— Votre attention, s'il vous plaît! Je voudrais vous rappeler le poème que je vous ai demandé d'apprendre pour lundi.

Kathy Kuryluk leva la main.

— Je l'ai laissé dans la poche de mes jeans, dit-elle, et maman l'a mis avec le lavage.

— Tu étais censée coller le poème dans ton cahier de poésie, dit M. Martin. Je vais aller t'en faire une autre copie.

Il se leva et quitta la pièce, une copie du poème à la main, et il se dirigea vers la salle de reprographie.

La cloche a sonné presque tout de suite, et les élèves se sont mis à ranger leurs livres. Plusieurs ont quitté leurs pupitres pour mettre des choses dans leur boîte à lunch et remiser leurs manuels. Il y avait pas mal de bruit et de confusion, alors j'ai saisi ma chance.

J'ai glissé l'enveloppe contenant mon poème à l'intérieur de mon manuel de vocabulaire, et je me suis dirigée vers l'étagère où sont rangés les manuels. J'ai pris le chemin le plus long pour m'y rendre, dépassant le pupitre de M. Martin. En l'atteignant, j'ai ralenti, puis, tournant le dos à la classe, j'ai pris mon poème et je l'ai glissé dans son cahier de textes qui était ouvert. J'ai fermé ce cahier, et j'ai continué vers l'étagère. Un ou deux autres élèves étaient aussi occupés à y ranger leurs manuels. J'ai jeté un coup d'œil pour voir si l'on m'avait vue faire, mais la plupart des élèves regardaient Michael Collins et Jason Hopkins se disputer.

Sur ces entrefaites, M. Martin est revenu et la plupart des élèves se sont précipités vers leur pupitre. En remettant mon manuel avec les autres sur l'étagère, j'espérais avoir l'air au-dessus de mes affaires, même si mon cœur battait la chamade.

— Voici ton poème, Kathy, dit M. Martin. Essaie de ne pas le perdre cette fois. O.K., tout le monde. Ne laissez pas de boîtes à lunch sur l'étagère en partant. Ceux qui prennent l'autobus scolaire, il est temps de partir.

9

Janet allait venir passer le week-end à la ferme; alors elle a pris l'autobus scolaire avec moi. Elle avait apporté sa poupée favorite, et c'est de ça qu'elle a parlé pendant tout le trajet.

— Tu ne m'écoutes pas, Nathalie! me reprocha-t-elle en m'enfonçant le coude dans les côtes.

— Excuse-moi, Janet. Je n'ai vraiment pas le goût de jouer à la poupée.

— Qu'est-ce qui t'arrive ces temps-ci? Tu n'as vraiment pas envie de jouer? Je ne peux pas rentrer maintenant. Maman serait furieuse. Papa et elle ont fait des plans pour ce soir, et ma sœur et mon frère ne vont pas être là non plus. Papa et maman veulent être seuls, si tu comprends ce que je veux dire.

— Ah oui.

Je n'avais plus du tout envie de jouer à la poupée. J'étais tout à coup devenue trop grande pour ce genre de chose. C'était trop bébé pour une fille en amour.

L'autobus ralentit, puis s'arrêta devant mon entrée, et nous sommes sorties d'un seul bond.

— À lundi! nous cria Mme Sparks, notre conductrice.

En marchant le long de l'allée, Janet me demanda ce que nous allions faire d'abord.

— Goûtons, lui ai-je proposé. J'ai faim et maman m'a dit qu'elle avait fait des biscuits.

— Bonne idée! dit Janet. Je vais arriver avant toi!

Nous avons couru à toutes jambes jusqu'à la maison.

— Bonjour Nathalie. Comment vas-tu, Janet? nous demanda maman quand nous sommes entrées dans la cuisine.

— Assez bien, répondit Janet.

— Tu peux mettre ton sac dans la chambre de Nathalie, dit maman. Tu sais où elle est.

Nous avons suspendu nos blousons et Nathalie est allée à ma chambre.

— Est-ce qu'il y a de la limonade?

— Oui, dans un nouveau contenant, dans le frigo, dit maman. Sers-toi.

Je suis allée m'en chercher et Janet est revenue.

— Veux-tu de la limonade?

— J'aimerais bien, oui.

On s'est assises à la table de la cuisine et je lui en ai servi. Maman a apporté une assiette de ses biscuits maison et elle s'est assise avec nous.

— Mmm, ils sont délicieux! dit Janet.

— Comment ça a été à l'école aujourd'hui? a demandé maman.

— Assez bien, dis-je.

— Pas trop mal, marmonna Janet, la bouche pleine. Mais je déteste la façon d'agir des élèves de septième. Ils rient de nous dans le couloir, parce qu'ils sont plus grands. Ils peuvent rester à l'intérieur pendant la récré, tandis que nous, on nous force à sortir ou bien on a une mauvaise note. Ils pensent que le monde leur appartient.

— Je suis sûre qu'ils ne sont pas censés rester à l'intérieur pendant la récréation, dit maman en riant. C'est sans doute qu'ils sont plus difficiles à faire sortir.

— Oui, dit Janet. Ce sont des sournois.

— Hé bien, dit maman, vous serez bientôt vous-mêmes en septième, et c'est vous, alors, qui croirez que le monde vous appartient. À propos, j'ai été invitée à souper, ce soir, mais j'ai demandé à Mme Stevenson de venir faire un tour vers huit heures et demie pour s'assurer que tout va bien. Votre souper va être prêt dans une heure. Vous n'aurez qu'à vous servir. Je ne devrais pas rentrer tard. J'ai vérifié avec ta mère, Janet, et elle ne voit aucune objection à ce que je vous laisse. Nous pensons toutes deux que vous êtes assez grandes maintenant pour pouvoir rester seules un petit moment. Je sais bien que vous n'êtes pas en septième, mais je pense que vous êtes néanmoins responsables. Je vous laisserai le numéro de téléphone de l'endroit où je serai, au cas où vous auriez besoin de me rejoindre.

— Pouvons-nous faire du *popcorn*?

— Certainement, me répondit maman. Nous avons terminé la limonade.

— Bon, eh bien, je ferais mieux de commencer à me préparer, dit maman. Je me suis déjà occupée des poules, alors vous pouvez aller jouer jusqu'à ce que le souper soit prêt, Janet et toi. Si vous sortez, n'allez pas trop loin. Je vais vous faire une pizza aux pepperoni. Elle sera prête juste au moment où je partirai. Ça ne prend qu'une quinzaine de minutes au four, que j'éteindrai avant de partir. Je sonnerai la

114

cloche en partant et vous n'aurez qu'à venir manger.

— J'adore la pizza aux pepperoni! s'exclama Janet.

— Qu'as-tu envie de faire? lui ai-je demandé.

— Allons jouer dehors un peu. Je te ferai entendre mon nouveau disque de Bruce Springsteen après le souper. Je l'ai apporté avec moi. Il est formidable.

Nous avons mis nos blousons et nous sommes sorties pour jouer. Bien qu'on ait été au milieu de novembre, il faisait encore bon dehors.

— Allons voir les vaches, dit Janet. Votre taureau sera peut-être en train de faire quelque chose, cette fois-ci.

Elle espérait toujours voir notre taureau «faire quelque chose», comme elle disait mais, jusqu'à présent, elle avait été déçue chaque fois qu'elle était venue. Nous nous sommes glissées à travers les barbelés jusque dans le pâturage. Le troupeau se trouvait à l'autre bout du champ, auprès des arbres.

Tout en marchant, Janet me demanda:

— Que penses-tu de Paul Lemay?

— Je le trouve fin.

— Oui, hein? Il a des muscles! Mais je pense qu'il a une amie de cœur. C'est pas la peine de perdre son temps à courir après des gars qui ont déjà une amie. Sais-tu à quoi j'ai rêvé, hier soir? m'a-t-elle demandé après un moment.

— Non, à quoi?

— J'ai rêvé que j'épousais monsieur T.

— Lui! lui ai-je répondu. Est-ce que tu sais son âge? Et sa voix! Je ne peux pas la supporter!

— Il a au moins quarante-trois ans, et je n'y peux rien — c'était seulement un rêve, de toute façon. Si j'étais mariée avec lui, j'aurais une aventure.

— Ça aussi, c'était dans ton rêve?

— Non, mais je le ferais.

On est arrivées au troupeau, et on a caressé un des veaux les plus dociles. La plupart d'entre eux refusaient de nous approcher, mais celui-ci était amical. Maman et moi, on avait dû commencer à le nourrir au biberon, tellement il était faible.

— Où est le taureau? demanda Janet.

— Là-bas, couché sous l'arbre.

— Quel paresseux! Il ne fait donc jamais rien? Je ne comprends pas comment ces veaux arrivent jamais à naître. Si j'étais une de ces vaches, j'aurais une aventure.

— Ça serait assez difficile, lui dis-je dans un fou rire. Il n'y a qu'un seul taureau.

— En tout cas, je ne resterais pas là. Je sauterais la clôture. Si j'étais une de ces vaches-là, je demanderais le divorce. Ton taureau est tellement ennuyant, dit-elle, d'un ton méprisant. Allons plutôt jouer dans ta maison dans l'arbre.

On a retraversé le champ, on s'est reglissées à travers la clôture de barbelés, et on a grimpé l'échelle jusqu'à la petite maison dans l'arbre, au bord de la pelouse. C'est papa qui me l'avait construite; mais je n'y allais presque plus, à moins que Janet ou une autre de mes amies ne viennent me rendre visite. Janet, surtout, l'aimait parce qu'elle trouvait que c'était vraiment un endroit privé. Elle aurait tant souhaité avoir un coin tranquille où échapper à son frère et à sa sœur «impossibles», selon elle.

La maison dans l'arbre avait un toit, et elle était bien sèche en dedans. Elle avait une petite fenêtre à un bout et, pour passer la porte, il fallait baisser la tête. Une fois debout, à l'intérieur, nos têtes touchaient presque le plafond.

— Regarde! dis-je. J'ai dû encore grandir. Je touche presque le plafond.

On s'est assises sur le bout de notre ancien tapis du salon que maman m'avait donné quand elle en avait acheté un neuf.

— De quoi veux-tu parler? me demanda Janet. (Elle avait toujours envie de parler de quelque chose d'intime ou de secret quand on était dans l'arbre, parce qu'elle savait que personne ne pouvait nous entendre. D'habitude, on parlait des garçons.)

— Je ne sais pas, lui ai-je dit. (J'ai ensuite gardé le silence pendant un petit bout de temps.)

Janet me regardait:

— À quoi penses-tu? me demanda-t-elle.

Est-ce que je pouvais lui faire confiance? C'était ma meilleure amie. Je mourais de tout raconter à quelqu'un, mais est-ce que j'arriverais à lui faire comprendre?

— Nathalie, je te parle! Es-tu sourde? me cria-t-elle presque.

— Oui, euh. Je veux dire non... Tu sais ce rêve que tu as fait à propos de te marier avec Monsieur T?

— Ouais, dit Janet. C'était vraiment drôle.

— Que penserais-tu de ça, épouser un homme plus vieux que toi?

— Je ne sais pas. Ça dépend combien vieux, et s'il est riche ou non. Je ne voudrais pas épouser un vieux, s'il était pauvre. Ce serait chic d'être assez riche pour avoir des serviteurs. Je ne serais pas obligée de faire des trucs embêtants comme de desservir la table, par exemple.

— Ouais. Tu sais, moi aussi j'ai fait un rêve.

— Raconte! m'a-t-elle dit, dans l'expectative.

— Promets-moi de ne pas rire. Promets!

— Mais si c'est vraiment drôle? Comment est-ce que je peux te promettre de ne pas rire, si c'est vraiment drôle? Y a des rêves qui sont à mourir de rire.

— Alors je ne vais pas te le raconter. De toute façon, c'est sérieux. Ce n'est pas drôle.

— O.K., raconte. Je te promets de ne pas rire.

— Et il faut que tu me promettes de ne le raconter à personne — à personne, tu entends? C'est vraiment personnel. Je ne sais même pas si je devrais t'en parler, c'est tellement personnel.

— Quand les gens vous content leurs secrets, m'a dit Janet, ça veut dire qu'ils ont confiance en vous et qu'ils vous aiment bien. Nathalie tu dois bien m'aimer et tu peux me faire confiance.

— Comment ça se fait, alors, que tu m'as raconté ce que ta sœur avait écrit dans son journal? C'était secret et personnel, non?

— Oui, je sais, Mais je te l'ai seulement dit parce que tu es ma meilleure amie. De plus, ma sœur est vraiment impossible, et méchante des fois, aussi. Je te jure que je ne vais le dire à personne. Est-ce qu'il y avait un garçon dans ton rêve, Nathalie? C'était qui?

— D'une manière, oui, ai-je commencé. Penses-tu que... (J'ai fait une pause, puis j'ai continué très vite.) Trouves-tu M. Martin vraiment vieux?

— Qu'est-ce que tu veux dire? m'a-t-elle demandé, mystifiée. Est-ce qu'il était dans ton rêve?

— Oui, d'une certaine façon.

— Qu'est-ce que tu veux dire, «d'une certaine façon»?

Je voyais qu'elle s'impatientait.

— Penses-tu que des filles de notre âge peuvent tomber amoureuses?

— J'imagine, pourquoi pas? a-t-elle dit. Tu te rappelles cet article dans le *National Geographic* à propos des filles en Afrique ou quelque part comme ça qui sont déjà mariées à l'âge de dix ans? Si elle peuvent se marier, pourquoi ne pourraient-elles pas tomber amoureuses? Bien que, comme elles n'ont pas le droit de choisir qui elles veulent épouser, peut-être qu'elles n'aiment pas leurs maris. Ma sœur pense qu'elle est amoureuse de son *chum* et elle a seulement quinze ans; moi, en tout cas, je ne tomberais pas amoureuse de lui! C'est rien qu'un *nerd,* comme on dit en anglais. J'ai demandé à maman comment c'était d'être amoureuse et elle m'a dit que c'était trop difficile à expliquer, mais que je le saurais quand ça m'arriverait. À quoi veux-tu en venir avec ton rêve et M. Martin?

— Tu promets de ne pas rire et de garder le secret?

— D'accord! D'accord! Accouche.

— Je pense que je suis en amour.

— C'est vrai? m'a-t-elle dit, les yeux écarquillés. Avec qui? Quelqu'un à l'école?

— Oui.

— Mais alors qui? Ne me laisse pas en suspens.

— Avec M. Martin. (Ouf! Je l'avais dit. Je l'avais avoué à ma meilleure amie. Quel soulagement!)

Janet était bouche bée. Elle n'a pas ri. Elle n'a fait que rester assise en me dévisageant.

— M. Martin? a-t-elle bafouillé et j'ai hoché la tête.

On a entendu sonner la cloche et maman qui nous appelait:

— Nathalie et Janet! Le souper est prêt. Je dois partir.

— O.K. maman, ai-je crié, on arrive! Viens, Janet. Allons manger cette pizza!

Je me sentais en pleine forme, l'esprit libéré d'un grand poids. Janet était toujours assise, en train de me dévisager. Pour une fois, elle n'avait rien à dire.

— Nathalie! appela de nouveau maman. Il faut que je parte, sinon je vais être en retard!

J'ai sorti la tête de la maison dans l'arbre, et en me mettant à descendre, j'ai crié:

— On arrive!

Presque arrivée en bas, j'ai dû crier après Janet pour qu'elle paraisse à la porte de la maison. Ma nouvelle semblait l'avoir mise en état de choc.

— Allons, viens!

Maman était debout sur la galerie, éclairée par la lumière de la cuisine qui passait par la porte-patio. Il faisait noir maintenant. J'ai marché vers elle, avec Janet qui suivait derrière, et j'ai monté les marches de la galerie. Maman était sur son trente et un.

— Vous voilà! Je dois partir. Je viens d'éteindre le four, alors la pizza est encore toute chaude. Je ne pense pas arriver tard. Ça va aller, vous deux, non?

— C'est sûr, maman. Amuse-toi bien!

Elle s'est penchée pour m'embrasser sur la joue, a dit au revoir à Janet et a descendu les marches en vitesse, en direction du garage.

— Allons Janet, viens manger. Je meurs de faim.

Nous somme entrées dans la maison et nous avons accroché nos blousons dans le vestibule. L'odeur épicée de la pizza aux pepperoni emplissait la cuisine. On est allées se laver les mains dans la salle de bains.

— Est-ce qu'il le sait? m'a demandé Janet.

— Qui ça?

On s'est essuyé les mains et on est retournées à la cuisine. Maman avait mis les assiettes près du four.

— M. Martin. Est-ce qu'il le sait? persista Janet.

J'ai mis les mitaines isolantes, et j'ai sorti la pizza du four.

— Euh, oui... Enfin, peut-être... je ne suis pas sûre. Mais il le saura bientôt, en tout cas.

— Qu'est-ce que tu entends par «bientôt»?

Je me suis mise à découper la pizza.

— Il va le savoir, c'est tout. (Je n'étais pas certaine que M. Martin avait lu mon poème.)

Janet s'est servi une pointe de pizza. Moi, je suis allée au frigo.

— Veux-tu encore de la limonade, ou préfères-tu du lait?

— De la limonade, m'a répondu Janet. Écoute, il faut qu'on se parle. Comment sais-tu que tu es amoureuse de M. Martin? Te sens-tu comme ce que maman m'a dit sans pouvoir l'expliquer?

— Je pense, oui.

J'ai apporté la limonade à table et j'en ai rempli deux verres.

— Te sens-tu différente? Es-tu absolument sûre? a-t-elle insisté.

— Tout ce que je sais, c'est que s'il attendait que j'aie fini l'école et qu'il me demande en mariage, je dirais «oui».

— Mais ça serait dans des années! s'est-elle exclamée. Et de toute façon (elle prit une grosse bouchée de pizza et se mit à mastiquer), tu ne peux pas.

— Qu'est-ce que tu veux dire, je ne peux pas? Est-ce qu'il est marié? dis-je, inquiète tout à coup.

— Non, a-t-elle marmonné la bouche pleine de pizza. Tu ne sais pas?

— Qu'est-ce que je ne sais pas?

— Bien... (Janet avala sa salive.) Comment peux-tu l'épouser quand il sort aussi souvent avec ta mère?

— Elle le voit seulement à cause du terrain de jeux!

— Ce que tu peux être naïve! a-t-elle dit. Je ne suis pas supposée t'en parler, parce que c'est un secret. Enfin, maman m'a demandé de ne rien dire après que je l'ai entendue parler avec ta mère. Mais je pense que je suis obligée, comme tu m'as dit ton secret et que tu es ma meilleure amie.

— C'est quoi? lui ai-je demandé anxieusement.

— Hé bien, ta mère et la mienne étaient dans le salon, l'autre jour, quand je suis restée à la maison avec ce mauvais rhume, tu te rappelles? J'étais dans la cuisine, mais maman ne l'a pas su jusqu'à ce qu'elle vienne chercher du café. En m'apercevant, elle a eu l'air agacé et elle m'a envoyée dans ma chambre, alors je n'ai plus rien entendu. Après que ta mère a été partie, elle m'a demandé si j'avais entendu de quoi elles parlaient. J'ai répondu «un peu oui», et elle m'a dit que je ne devais en parler ni à toi, ni à personne à l'école.

— Mais parler de quoi?

— Bien, du fait que ta mère et M. Martin sortent ensemble. Ta mère se demandait comment tu réagirais à ça quand j'ai surpris leur conversation.

Je n'avais rien mangé depuis que Janet parlait.

— Tu veux dire qu'ils ne se voient pas seulement au sujet du terrain de jeux? Qu'ils sortent ensemble, qu'ils sont peut-être même... amoureux?

Je n'arrivais pas à le dire. Janet hocha la tête.

— Il est venu souper plusieurs fois, c'est vrai, mais je pensais que toutes les autres fois, c'était au sujet du terrain de jeux.

— Ça ne l'était pas, dit Janet. Ta mère sort vraiment avec M. Martin. Où penses-tu qu'elle est ce soir? Est-ce qu'elle t'a dit avec qui elle allait souper?

— D'habitude elle le fait, mais j'ai oublié de lui demander, cette fois-ci. Je pensais à autre chose. Oh là là! Qu'est-ce que j'ai commis comme gaffe!

— Qu'est-ce que tu veux dire? m'a demandé Janet en s'attaquant à une autre énorme pointe de pizza.

— Eh bien, tu sais quand je t'ai dit qu'il connaîtrait bientôt mes sentiments? lui ai-je dit en gémissant.

— Oui, et alors? fit Janet qui avait de nouveau la bouche pleine.

— Imagine-toi que je. lui ai écrit un poème idiot et que je l'ai mis dans son cahier de textes au moment de quitter l'école aujourd'hui. Il va l'avoir lu et il va le montrer à maman ce soir! (Je hurlais à présent.)

— Tu penses! dit Janet en riant. Il ne saura pas quoi faire: t'attendre ou se marier avec ta mère. Il pourrait toujours épouser ta mère maintenant, ensuite divorcer et t'épouser quand tu auras fini l'école.

— Arrête de blaguer, lui ai-je dit. Ça n'a rien de drôle!

126

— Désolée, dit Janet en croquant un autre morceau de pizza. Mais il n'a pas encore lu ton poème.

— Quoi? Comment le sais-tu? Dis-moi!

— Eh bien... (Janet s'est léché les doigts, en prenant son temps. J'aurais pu l'étrangler!) Il est sorti de la classe en même temps que nous et, au moment où nous montions dans l'autobus, je l'ai aperçu dans le stationnement qui s'assoyait dans sa voiture. Alors, tu vois, ton poème est probablement encore dans son cahier. Il ne le lira pas avant lundi matin.

— Il faut qu'on le récupère! ai-je dit.

— Qu'est-ce que tu veux dire par «on»? C'est pas *nous* qui l'avons écrit. C'est *ton* poème, a-t-elle dit.

— Allons viens! lui ai-je dit. On n'a pas de temps à perdre!

— Aller où? Mmm, cette pizza est délicieuse! Si tu ne la manges pas, je vais le faire, moi. (Elle prit le morceau de mon assiette.) Aller où? a-t-elle répété. Tu ne veux pas dire à l'école, toujours?

— Oui! Il faut absolument récupérer ce poème avant que M. Martin ne le lise et me prenne pour une idiote. Et maman? Qu'est-ce qu'elle va penser, elle? C'est la première fois qu'elle sort avec quelqu'un depuis la mort de papa, et j'ai été tout gâcher!

127

Pourquoi ne m'a-t-elle pas dit que M. Martin l'intéressait?

— Tu étais probablement aveuglée par ton amour pour lui, dit Janet, prise de fou rire. Mais peut-être aussi ta mère avait-elle peur que tu ne comprennes pas, étant donné qu'il est ton professeur et tout. Elle sort peut-être seulement avec lui mais, quand je l'ai entendue parler à maman, elle avait l'air d'être sérieusement en amour! (Janet mâchait toujours.)

— Comment peux-tu manger avec ce qui se passe? (Je lui en voulais.) Comment est-ce que ta mère se sentirait si elle avait un *chum* et qu'elle apprenne que tu essaies de le lui voler?

— Je ne sais pas, a admis Janet. Mais, en tout cas, ça ne ferait pas l'affaire de mon père, s'il apprenait que ma mère avait un *chum*.

Je lui ai lancé un regard noir:

— Sois donc sérieuse!

— O.K., a-t-elle dit, en arrêtant de manger. Qu'est-ce qui peut arriver de pire? M. Martin lit ton poème, il se sent gêné, surtout s'il le lit quand tous les élèves sont assis devant lui, il le dit à ta mère, et elle te tue. (Elle s'est remise à rire.)

— Voyons, Janet! (J'étais presque en larmes.) Je ne veux pas tout gâcher pour maman! (Janet s'est finalement rendu compte que j'étais sérieuse.)

— Mais comment faire? L'école va être fermée à clé, et d'ailleurs, comment va-t-on se rendre en ville? Tu ne penses toujours pas à prendre encore le tracteur, j'espère! Parce que, dans ce cas-là, ne compte pas sur moi!

— On va prendre ma bicyclette, dis-je. (Je n'oserais jamais reprendre le tracteur, surtout à la noirceur.) On va monter à deux. Tu peux avoir la selle. Allons, viens!

— Et que va penser Mme Stevenson quand elle va s'apercevoir qu'on est pas là? a demandé Janet. Elle est supposée venir voir si tout va bien.

— C'est vrai! Laissons-lui un mot. Il nous faut récupérer le poème sans que personne ne le sache.

— Qu'est-ce que tu disais dans ton poème, en fin de compte? Des trucs à l'eau de rose?

— Si tu veux. Tu sais — l'amour toujours l'amour...

— Écoute, ça ne sert à rien. L'école va être fermée et on ne va pas pouvoir entrer.

— Arrête de dire ça! On va trouver une façon, dis-je avec désespoir.

J'ai trouvé une feuille de papier et une plume, et j'ai écrit un mot à Mme Stevenson, après avoir discuté quoi mettre avec Janet.

Chère Mme Stevenson:

J'ai emmené Nathalie et Janet avec moi en ville. Excusez-moi de vous avoir dérangée. J'ai essayé de vous téléphoner, mais la ligne était occupée, et nous avons dû partir très vite car j'étais en retard comme d'abitude.

Jennifer Webster

Nous l'avons collée sur la porte de la cuisine. J'espérais que Mme Stevenson ne connaissait pas l'écriture de maman et que je n'avais pas fait de faute.

10

— **A**rrive! lui ai-je dit.

On a pris nos blousons et on a couru dans le hangar à outils où je garde ma bicyclette. Heureusement que la lune brillait, parce que je savais que mon phare ne marchait pas. J'ai sorti ma bicyclette. Janet a dit:

— On va peut-être devoir entrer dans l'école «par effraction», comme ils disent.

— Oh oui! Mais comment on va faire?

— Apporte un tournevis, m'a-t-elle dit, ça pourrait être utile. J'ai déjà vu un gars s'en servir pour forcer une porte.

Pendant que Janet tenait ma bicyclette, je suis retournée dans le hangar. J'ai pris un gros tournevis sur la tablette et je l'ai fourré à l'intérieur de mon blouson.

— Allez, viens-t'en! ai-je dit.

Janet est montée sur la selle de ma bicyclette et je me suis mise à pédaler le long de l'allée. Ça tanguait pas mal, et Janet a crié une ou deux fois quand je me suis mise à zigzaguer et qu'on est presque tombées dans le fossé. Au bout d'un kilomètre, j'étais en sueur et pratiquement hors d'haleine. Janet a pris ma place et je me suis assise sur la selle.

Après avoir titubé d'un bord à l'autre de la route, elle s'est arrêtée en disant:

— Mets-toi sur le guidon, je conduirai mieux. C'est comme ça que je fais faire des tours à mon frère.

J'ai sauté de la selle et je me suis installée sur le guidon. Puis, on est reparties. Janet a dit:

— Voilà qui est mieux! J'ai moins de misère à conduire.

Elle conduisait plus droit, mais ça faisait un peu peur d'être juchée sur le guidon, parce que Janet était obligée de regarder par-dessus mon épaule pour voir où elle allait. Une ou deux fois, je lui ai crié: «À gauche!» alors qu'elle se dirigeait dans le fossé.

Arrivées à la route asphaltée, j'ai repris les pédales, pendant que Janet s'asseyait sur le guidon. J'ai trouvé ça plus facile, mais Janet a dû me guider car, comme elle est un peu plus grande que moi, je voyais mal par-dessus elle.

À la première côte à pic, on est descendues de bicyclette et on a marché. On était toutes les deux en sueur, même si c'était une soirée froide. On s'est fait dépasser par une ou deux autos, mais on restait près du bord de la route. Puis on a rembarqué. On pensait ne jamais arriver à bout de la dernière côte, mais c'est alors qu'on a vu les lumières de la ville en contrebas. Avec Janet sur le guidon, j'ai descendu presque toute la côte sans pédaler.

Dieu merci, l'école se trouvait juste à l'entrée de la ville, de sorte qu'on n'allait pas devoir aller jusqu'au centre-ville. Il ne fallait surtout pas rencontrer maman et M. Martin! On aurait eu trop d'explications à leur donner. Quand on s'est pointées dans le stationnement de l'école, la lune s'est cachée derrière un nuage. Il faisait pas mal noir, seule une lumière au-dessus de la porte principale de l'école éclairait un peu. J'ai rangé ma bicyclette dans un râtelier, et nous avons rampé jusqu'à la porte de façade.

— O.K., dit Janet, mais maintenant, comment va-t-on entrer?

J'ai réfléchi une minute.

— La concierge est peut-être là. On pourrait sonner et lui dire qu'on a oublié quelque chose d'important dans la classe dont on a besoin ce week-end. (J'ai jeté un coup d'œil vers le stationnement derrière nous. Pas d'auto en vue.) Non, il n'y a personne ici. Pas de voitures. De toute façon, Mme Turner ne nous croirait jamais, même si elle était là.

On a essayé la porte, mais comme on s'y attendait, elle était fermée à clé.

— Faisons le tour, pour voir si on ne pourrait pas entrer par une fenêtre.

— Elles vont être barrées aussi, a dit Janet, en me suivant.

C'était vraiment apeurant de longer le mur dans le noir. Comme Janet l'avait prédit, toutes les fenêtres étaient verrouillées. La classe de M. Martin était au deuxième étage, tout au bout, à l'arrière de l'école. On a tourné le coin de l'immeuble, en suivant le mur.

Environ à mi-chemin, il y avait une sorte de cour où le mur que nous suivions changeait de direction pour laisser un espace vide. On y jouait parfois au ballon captif. Nous allions franchir cet espace, quand la lune a reparu et que j'ai regardé à ma gauche.

— Parfait! me suis-je exclamée, en m'arrêtant si vite que Janet m'est rentrée dedans.

J'ai pointé le doigt vers la seule fenêtre de la cour. Elle était ouverte!

On y a couru et on a regardé en dedans. Il y faisait très sombre mais, au-dessus de la porte donnant sur le couloir, il y avait un mince rai de lumière.

— C'est la classe de qui?

— De Mme Sylvester, m'a répondu Janet. Je la reconnais à son parfum. Tu ne le sens pas? Fiou!

J'ai humé. Aucun doute. Je reconnaîtrais le parfum de Mme Sylvester n'importe où. On l'appelait «la bête puante» à l'école, tellement il était fort. Certains élèves manquaient de s'évanouir quand elle se penchait pour les aider avec leur maths, du moins c'est ce qu'ils disaient. Ils ne demandaient son aide qu'en désespoir de cause.

— Je me demande pourquoi cette fenêtre-là est ouverte?

— Qu'est-ce que ça peut faire? a dit Janet. Mme Sylvester a peut-être oublié de la refermer, ou bien peut-être que la concierge l'a laissée ouverte pour aérer. En tout cas, dépêche-toi d'aller récupérer ton poème. Ne reste pas là à perdre ton temps!

— Fais-moi la courte échelle, lui ai-je dit.

Janet m'a fait passer par la fenêtre, et je suis tombée en dedans, en me frappant contre un classeur dans un bruit d'enfer.

— Sssh! me souffla Janet. Fais pas tant de bruit! Je reste ici et je monte la garde.

Je suis allée à tâtons entre les rangées de pupitres, jusqu'à la porte de la classe. Mon cœur battait à tout rompre. J'ai ouvert la porte doucement et j'ai regardé alentour. Le couloir paraissait très éclairé après l'obscurité de la classe, sauf pour une lumière éteinte, au-dessus d'une section de casiers, des casiers qui avaient fait leur temps et qu'on était en train de remplacer. L'équipe de réparation de la Commission scolaire y avait travaillé dans la journée. La classe de M. Martin se trouvait en haut de l'escalier, plus loin dans le couloir, après les casiers.

J'ai refermé la porte derrière moi, et j'ai marché à pas de loup le long du couloir. Tout à coup, j'ai eu une pensée affreuse. «Supposons que la classe soit fermée à clé, et que je ne puisse pas entrer?» Ensuite, j'en ai eu une encore pire: «Supposons que la porte de la classe de Mme Sylvester se soit verrouillée en se refermant, et que je ne puisse plus ressortir.» Je suis retournée à toute vitesse sur mes pas pour vérifier. J'ai poussé un soupir de soulagement en sentant la poignée tourner dans ma main. La porte n'était pas verrouillée! Mais celle de M. Martin le serait peut-être. Je ne savais pas si les portes des classes étaient fermées à clé ou non, la nuit.

Je suis retournée le plus silencieusement possible jusqu'au bas de l'escalier. J'ai levé les yeux vers la noirceur là-haut, le cœur battant. J'ai pris une grande respiration, j'ai agrippé la balustrade et j'ai monté les marches sur la pointe des pieds. À mi-chemin, j'ai eu la frousse quand une marche a craqué, mais j'ai continué jusqu'en haut. J'ai couru vers la porte de notre classe. J'ai tourné la poignée. La porte s'est ouverte. Je l'ai laissée entrebâillée et je suis entrée. Je n'ai pas osé allumer.

En avançant vers le bureau de M. Martin, entre deux rangées de pupitres, j'ai tout à coup entendu un grincement près du mur. J'ai figé sur place, en retenant mon souffle. Qu'est-ce que c'était? J'ai tendu l'oreille, tout affolée. J'ai repris mon calme, en me rendant compte que ce n'était que le calorifère qui redémarrait.

Je suis arrivée au bureau de M. Martin et j'ai trouvé son cahier de textes. Le clair de lune éclairait le bureau par la fenêtre qui se trouvait à côté. J'ai ouvert le cahier, j'en ai retiré l'enveloppe avec mon poème, et je l'ai mise dans la poche de mon blouson.

J'avais une envie folle de sortir de la pièce en courant, mais je me suis forcée à marcher. Je ne voulais pas trébucher sur quelque chose comme le sac de gymnastique de Jimmy Chan, qui était habituellement par terre au lieu d'être sur l'étagère. M. Martin lui disait toujours de le ranger, parce que lui-même trébuchait dessus.

Ayant atteint la porte, je l'ai refermée doucement derrière moi. J'ai redescendu l'escalier sans faire de bruit et j'ai marché le long du couloir vers la classe de Mme Sylvester. Comme je passais la rangée de vieux casiers, il y a eu comme une grande flamme au bout du couloir, près de l'avant de l'école. J'ai figé contre un des casiers, en retenant mon souffle. Qu'est-ce que c'était encore? Est-ce qu'on m'avait découverte? Je me suis cachée derrière la porte ouverte d'un des casiers et j'ai essayé de voir de quoi il retournait.

J'ai vu deux personnes agenouillées par terre près de la porte du bureau de la secrétaire. Ils portaient ce qui avait l'air d'être des cagoules de ski ou des tuques. Je ne pouvais pas voir leur visage. Qui étaient-ils? Et que faisaient-ils? Qu'avaient-ils à la main? La flamme avait semblé venir d'une espèce de torche, comme celles dont se servent les soudeurs. Étaient-ils en train de réparer la porte?

Ils ne m'avaient pas aperçue, mais je ne pouvais quand même pas bouger. Si j'avançais vers eux pour atteindre la classe de Mme Sylvester, ils me verraient.

Soudain, je me suis dit: «Ce sont peut-être des voleurs!» Mais que voudraient-ils voler dans le bureau de la secrétaire? Le Fonds de secours des petits Africains! C'était ça! On venait tout juste de rapporter nos boîtes de dons aujourd'hui, et elles avaient probablement été toutes remisées dans le bureau de la secrétaire. Ils avaient dû entendre dire que l'argent était là. Ils devaient être en train d'essayer de faire tomber la serrure de la lourde porte en bois.

J'étais pétrifiée. Je ne savais que faire. S'ils étaient armés? Je ne pouvais pas simplement sortir de ma cachette en criant «Je vous arrête!» Je n'avais comme arme que le tournevis qui se trouvait toujours sous mon blouson. J'osais à peine respirer.

«Du calme, Nathalie! me suis-je dit. Réfléchis!»

Petit à petit, j'ai forgé un plan dans ma tête. J'attendrais qu'ils soient entrés dans le bureau de la secrétaire, et je me précipiterais vers la classe de Mme Sylvester. Je sortirais par la fenêtre — où Janet m'attendait — et on irait appeler la police.

C'est ce que j'allais faire. Mais le poème alors? Et comment allions-nous expliquer ce que nous faisions à l'école? J'ai réfléchi encore un peu. On pourrait appeler la police sans nous nommer. Les voleurs seraient pris, et Janet et moi, nous pourrions rentrer tranquillement à la maison sur notre bicyclette, sans que personne ne sache qu'on avait été à l'école. Parfait! De ma cachette, j'ai jeté un autre coup d'œil: ils travaillaient toujours sur la porte.

Bang! J'ai sursauté. Qu'est-ce que c'était encore? Une porte avait claqué quelque part derrière moi. «Ça doit être la porte du côté de l'école», ai-je pensé. Quelqu'un venait d'entrer et me verrait si je restais là.

Je n'osais pas regarder autour de moi. Les deux voleurs étaient debout. Eux aussi, ils avaient entendu le bruit, et ils regardaient au fond du couloir, vers moi. Je me suis mordu la lèvre, et j'ai réussi à me glisser tranquillement dans le vieux casier. Je me suis poussée jusqu'au fond. Je n'osais pas essayer de fermer la porte — les voleurs et la personne qui se trouvait derrière moi la verraient bouger.

J'ai entendu un bruit de pas venant de la porte de côté, et soudain un cri:

— Qui va là?

Quelqu'un est passé en courant devant ma cachette vers les deux voleurs. Je l'ai aperçu quand il passait, et j'en suis presque morte: c'était M. Martin!

J'ai regardé par la fente, là où la porte est rattachée au casier. M. Martin courait vers les voleurs, qui paraissaient abasourdis. Ils restaient sur place, sur le point de se sauver, mais sans pouvoir se décider. Ils avaient laissé tomber la torche enflammée dont ils s'étaient servis.

M. Martin les avait rejoints maintenant. Je l'ai entendu leur crier quelque chose, et je l'ai vu empoigner l'un des bandits. J'ai collé mon œil contre la fente et j'ai vu qu'ils se battaient. Tout à coup, M. Martin est tombé par terre, frappé par quelque chose que l'autre voleur avait à la main. J'ai failli crier. J'allais sauter hors du casier et courir chercher de l'aide, quand un des voleurs a crié:

— Fichons le camp d'ici!

De nouveau, je me suis pressée contre le fond du casier et j'ai retenu mon souffle. Ils approchaient. Ils ne me verraient peut-être pas. Leurs pas atteignirent le casier, et tout à coup l'un des deux est tombé dans le noir et la porte du casier s'est fermée. J'ai retenu un cri, alors que les pas s'éloignaient, et j'ai entendu la porte extérieure se refermer avec fracas. Un des voleurs n'avait pas remarqué que la porte de mon casier était ouverte et il était rentré dedans. Mais ils ne m'avaient pas vue, et ils étaient partis!

J'ai exhalé lentement. Puis j'ai poussé la porte du casier. Elle a refusé de bouger. «Panique pas, me suis-je dit. Donne-lui juste une bonne poussée.» J'ai essayé de nouveau. Rien à faire. Elle était coincée. Je me suis retournée pour avoir le dos contre la porte. Il n'y avait pas beaucoup de place là-dedans. J'ai poussé en essayant de relever le pied derrière moi pour donner un bon coup de pied dans la porte. Mais je ne pouvais pas plier le genou pour lever mon pied, alors je ne pouvais pas frapper très fort.

Et l'air? Est-ce que j'allais manquer d'air? Au secours quelqu'un... n'importe qui! J'imaginais mon corps trouvé lundi dans le casier. Peut-être que M. Martin était mort lui aussi! On trouverait mon poème! Je voyais déjà la manchette dans *Le clairon d'Elmwood*: «Des amants secrets de l'École primaire d'Elmwood font un pacte de suicide.»

Je me suis mise à gémir: «J'ai tout gâché: les amours de maman, la chance de sa vie d'être heureuse!» Le scandale gâterait tout. Même si M. Martin n'était pas mort, comment est-ce que j'arriverais jamais à expliquer ce que nous faisions tous les deux dans l'école, le soir? On trouverait mon poème et M. Martin se ferait renvoyer.

Je pouvais à peine respirer. Je commençais à manquer d'air. «Du calme, Nathalie!» J'ai réussi à me mettre en face de la porte de nouveau, et j'ai vu un faible rayon de lumière. J'ai levé les yeux. Juste au-dessus de ma tête, il y avait une grille dans la porte du casier, destinée à laisser entre l'air et, je suppose, sortir les mauvaises odeurs — comme les chaussettes de gymnastique ou les vieux casse-croûtes.

«Fiou! Je ne vais pas mourir! Je peux respirer.» J'ai laissé aller ma respiration. «Comment sortir d'ici, à présent?» J'ai de nouveau appuyé sur la porte. Je me suis mise à crier, et à taper sur les parois du casier et sur la porte à coups de poings et de talons. Il fallait que je sorte de là! J'arriverais peut-être à expliquer ce qui s'était passé, malgré tout. Personne ne répondait. Jamais Janet ne pourrait m'entendre. Elle devait se demander ce qui m'arrivait. Et M. Martin devait être sans connaissance ou mort. «Mon Dieu, s'il vous plaît, faites qu'il ne soit pas mort!»

Je me suis remise à pousser très fort sur la porte, en criant:

— Au secours! Sortez-moi d'ici, quelqu'un!

Je me suis tournée de côté, et je me suis mise à frapper la porte de l'épaule. Elle restait toujours coincée et je me suis fait mal, mais j'ai cru sentir quelque chose bouger. J'ai frappé de nouveau, et cette fois-là, j'étais sûre que quelque chose avait bougé. La fois suivante, j'ai jeté tout mon poids contre la porte en sautant. J'avais eu raison, quelque chose avait bougé — le casier tout entier! Il n'était plus vissé au mur!

Mon monde s'est effondré et, dans un bruit terrible qui m'a fait sonner les oreilles, je me suis retrouvée étendue de tout mon long. Ç'avait été une assez grosse chute et j'avais mal un peu partout, mais je ne pouvais pas bouger suffisamment pour me frotter. J'étais toujours dans le casier, mais le pire, c'était que la porte était par terre, sous moi. J'étais prise au piège. Il m'était impossible d'ouvrir la porte, à présent, et même la grille était contre terre. J'étais dans l'obscurité complète. Je me suis mise à vraiment m'inquiéter du manque d'air. J'ai crié — hurlé plutôt — et j'ai cogné des talons et des poings contre l'intérieur du casier. Puis j'ai prêté l'oreille. Rien — pas le moindre son. J'ai hurlé et cogné encore une fois.

11

— **N**athalie, c'est toi? Cesse de crier, tu me fais peur. Qu'est-ce que tu fais là-dedans? (C'était la voix assourdie de Janet en dehors du casier.)

— Sors-moi d'ici!

— Où est la porte? me demanda-t-elle. Comment es-tu entrée? Je pensais que tu m'avais dit que tu avais laissé ton poème sur le bureau de M. Martin, pas dans un casier.

— C'est là que je l'avais laissé, aussi. Je t'expliquerai, mais sors-moi d'ici d'abord!

— Comment faire?

— Je ne sais pas! (Je hurlais.) Essaie!

— O.K., dit Janet, je vais essayer de retourner le casier. (Je l'ai entendue haleter et ahaner.) Ça ne sert à rien, tu es trop lourde, je n'arrive pas à le bouger. Qu'allons-nous faire?

— Y a-t-il un autre moyen pour moi de sortir d'ici? lui ai-je crié. Je n'ai presque plus d'air.

— Ne dis pas ça! Je vais aller chercher de l'aide.

— Non, Janet! Ne m'abandonne pas! Janet es-tu toujours là?

— Oui, m'a-t-elle répondu. Qu'est-ce que je peux faire? (Sa voix venait maintenant à hauteur de mes pieds. J'ai donné des coups de pied de frustration au bas du casier.)

— Aïe! fit Janet, fais encore ça! (J'ai recommencé.) Quand tu as fait ça, m'a dit Janet, tout excitée, le coin du fond a bougé et j'ai vu ton soulier. Tu ne vas pas manquer d'air. Donne un autre coup de pied.

J'ai frappé du pied aussi fort que je pouvais.

— Le fond est fixé par trois vis, et il y en a une qui manque. C'est pour ça que le fond a bougé et que j'ai vu ton soulier. As-tu toujours le tournevis?

— Oui, mais il est dans mon blouson. Comment veux-tu que je te le donne, cervelle d'oiseau! (J'ai été soulagée que Janet ne prête pas attention à ce terme désobligeant.)

146

— Pourrais-tu le sortir de ton blouson et le pousser jusqu'à tes pieds?

— Je vais essayer.

Je n'arrivais pas à bouger beaucoup les bras, mais j'ai réussi à ouvrir ma fermeture à glissière et à prendre le tournevis.

— Je l'ai! (J'ai tendu la main aussi loin que possible vers mes pieds, mais je ne pouvais pas atteindre plus loin que le bas de mon genou, car je n'étais pas capable de m'asseoir.) Je ne peux pas aller jusqu'en bas.

— Oh non! a alors hurlé Janet. L'école brûle!

— Quoi! (J'ai remonté le tournevis et je l'ai jeté vers mes pieds. C'est incroyable ce qu'on peut faire quand c'est une question de vie ou de mort.)

— Janet! Vois-tu le tournevis? Je l'ai coincé entre mes pieds.

— Non, m'a-t-elle répondu. Écoute, il y a du feu à l'autre bout du couloir, et un... corps! (Elle retenait son souffle.)

— Oui, je sais, lui ai-je dit en poussant sur le bas du casier encore plus fort.

— Quoi? Comment le sais-tu? m'a demandé Janet d'une voix horrifiée.

— C'est M. Martin. Des voleurs lui ont donné un coup sur la tête et ensuite ils se sont sauvés. C'est eux qui ont dû mettre le feu. Vite, va voir s'il est correct. Dépêche-toi!

J'ai entendu les pas de Janet s'éloigner en courant vers le bout du couloir. Je me voyais me faisant rôtir vive dans cette boîte en fer blanc de casier. Je poussais de toutes mes forces, en me demandant comment le feu avait commencé. J'ai entendu revenir Janet.

— Je pense qu'il est toujours en vie, mais il est sans connaissance, m'a-t-elle dit. Je n'ai pas pu le bouger. Tu vas devoir venir m'aider. La porte du bureau est en feu.

— Alors, sors-moi d'ici, pour l'amour du ciel! J'ai le tournevis entre les pieds. Peux-tu le voir? (J'étais désespérée.)

— Je le vois! me cria-t-elle, excitée. Pousse un peu plus fort. (J'ai poussé et prié qu'il ne tombe pas sous mes pieds. Je l'ai senti bouger.)

— J'ai le bout! a dit Janet. Mais je ne peux pas sortir le manche. Il est trop gros. Pousse encore un peu. (J'ai poussé.) Je l'ai! s'est écriée Janet, tandis que je sentais glisser le tournevis. Arrête de pousser! Je n'arrive pas à tourner la vis. (Je l'ai entendue grogner.) Elle ne veut pas tourner!

— Essaie plus fort! lui ai-je crié.

Je l'ai entendue grogner de nouveau.

— Elle bouge.

— Dépêche-toi alors!

— J'ai enlevé la vis! Je vais essayer l'autre à présent.

«Dépêche-toi! S'il te plaît dépêche-toi!» la suppliais-je silencieusement.

Elle a grogné encore une fois.

— Elle bouge, elle vient! Je l'ai! criat-elle. Pousse encore avec tes pieds. On va peut-être réussir à recourber le fond.

J'ai poussé, et elle est arrivée à glisser ses mains sous la plaque métallique du fond. À nous deux, nous l'avons recourbée. Puis, Janet m'a tirée par les pieds.

— Allons! m'a-t-elle dit, aide-moi!

Je me suis contorsionnée jusqu'à ce que j'aie sorti les pieds et les jambes. «Et si je restais coincée? S'il vous plaît, faites que ça n'arrive pas!» priai-je.

Janet a continué de tirer et moi, à me contorsionner. «Pourquoi les filles ont-elles les hanches si larges!» Cette fois-là, j'ai vraiment souhaité être un garçon.

— Je suis prise! lui ai-je crié.

— Voyons, essaie encore une fois. Un, deux, trois, go! (Janet a continué de tirer et je suis presque sortie. Encore une poussée, et mes épaules se sont enfin dégagées du fond du casier. J'ai prudemment sorti la tête. J'étais libérée!)

— Merci, Janet, tu m'as sauvé la vie! lui ai-je dit en l'embrassant très fort.

— D'accord, mais regarde le feu là-bas, et pense à M. Martin, me rappela Janet.

— Viens-t'en! lui ai-je dit.

On a couru jusqu'au bout du couloir où M. Martin était toujours étendu par terre. À côté de lui, la porte du bureau rougeoyait. C'est la torche qui avait mis le feu. Elle brûlait toujours au bas de la porte, là où les voleurs l'avaient laissée tomber.

— Il faut vite éloigner M. Martin de la porte! ai-je dit. Prends-lui les bras.

On a agrippé M. Martin et on a tiré (Dieu merci pour les parquets cirés et le fait qu'il ne soit pas gras.) On l'a éloigné de la porte, et j'ai perdu le souffle en apercevant la petite flaque rouge qui barbouillait le plancher là d'où on l'avait traîné.

— Il saigne! me suis-je écriée. (Le sang coulait d'une blessure à l'arrière de sa tête.)

— Il faut demander de l'aide! a dit Janet en regardant le sang par terre. (Elle paraissait plutôt pâle.)

— Regarde! lui ai-je crié. Il y a un extincteur! Essayons d'éteindre le feu!

On a couru le long du couloir jusqu'à l'extincteur et on l'a décroché du mur. Il était lourd et on a dû se mettre à deux pour le traîner jusqu'à la porte. La chaleur était effrayante.

— Il faut d'abord éteindre la torche, ai-je dit.

— Mais comment? m'a demandé Janet.

J'ai avancé la main pour la prendre. Elle ressemblait à celle que j'avais vu maman employer à la ferme et j'ai senti la chaleur de la porte contre mon visage. J'ai tenu la torche à bout de bras et j'ai tourné la petite poignée qui se trouvait en haut du cylindre. La torche a flambé et la flamme s'est allongée. Janet a poussé un cri d'horreur et je l'ai presque laissée tomber.

— Mauvais côté, ai-je dit en la tournant dans la direction opposée. (La flamme s'est éteinte dans un petit sifflement.)

— Comment fait-on marcher ce truc-là? a demandé Janet en regardant l'extincteur. L'école va brûler si on ne se dépêche pas.

On s'est hâtées de lire les directives sur la bombe: «À utiliser uniquement sur incendies de classe A — Bois, Papier, Textiles. Tenir droit — Pousser le bouton de sûreté vers l'avant — Presser la détente.»

— O.K., ai-je dit, aide-moi. J'ai poussé le bouton de sûreté vers l'avant, comme on l'indiquait, et nous avons toutes deux agrippé la détente. Nous étions très excitées, alors on a oublié une chose, mais ça n'était pas inscrit dans les directives, alors ce n'était pas de notre faute. On avait oublié de détacher la lance du côté du cylindre, alors quand on a pressé la détente, la mousse a jailli sur le plancher.

— Attrape la lance! ai-je crié.

Janet l'a saisie et l'a arrachée de la pince, mais elle n'a pas réussi à la tenir assez fermement. Le jet de mousse a remonté sur le mur, passant à côté de la porte, et recouvrant la liste de noms des élèves inscrits au tableau d'honneur de l'école. Mais Janet a finalement réussi à bien empoigner la lance et à la pointer sur la porte, pendant que moi je continuais de presser la détente. La mousse a couvert la porte, ne laissant que de la fumée et des vapeurs de mousse.

On a entendu soudain cogner à la porte principale de l'école. Nous avons toutes deux sursauté et regardé vers la porte. J'ai vu le visage de maman qui regardait à travers la vitre. J'ai couru à la porte et je l'ai fait entrer.

— Nathalie! Janet! Que faites-vous ici? Qu'est-ce qui se passe? (Elle s'est mise à tousser à cause de la fumée et des vapeurs. Et tout à coup, elle a aperçu M. Martin étendu par terre et elle s'est précipitée vers lui.) Qu'est-il arrivé? s'est-elle écriée.

Elle s'est agenouillée à son côté, et j'ai commencé à lui expliquer à propos des voleurs et tout ça, mais elle n'écoutait qu'à moitié. Lorsqu'elle a vu la blessure qu'il avait à la tête, elle a dit:

— Nathalie, va vite chercher des serviettes de papier mouillées.

J'ai couru en chercher à la toilette, et maman les a appliquées en pressant sur l'arrière de la tête de M. Martin.

— Tiens ça comme il faut, m'a-t-elle dit.

J'ai appuyé la main sur le pansement de serviettes de papier pendant que maman enlevait son manteau et le pliait en quatre. Elle l'a posé ensuite sous la tête de M. Martin pour la soulever un peu.

— Il faut que j'appelle l'ambulance. Continue de presser le pansement sur sa tête, m'ordonna-t-elle et elle a couru à la salle des profs.

— On aurait dû téléphoner, a dit Janet. Comment n'y avons-nous pas pensé? (J'ai haussé les épaules. «On ne peut pas penser à tout», me suis-je dit.)

Maman est revenue en courant, et elle s'est agenouillée de nouveau près de M. Martin.

— Penses-tu que ça va aller? lui ai-je demandé.

— Je pense que oui.

Maman a déboutonné son col et desserré sa cravate. Puis elle a pris ma relève pour appuyer sur le pansement.

— Maintenant, racontez-moi ce qui s'est passé. Que faites-vous ici, au nom du ciel, et qu'est-ce qui a causé le feu? J'ai téléphoné à la police et à M. Stanley, alors vous faites mieux d'avoir une bonne explication.

Janet et moi, on s'est regardées toutes les deux.

— Hé bien, nous sommes venues en ville pour chercher quelque chose que j'avais oublié à l'école, ai-je commencé. On a trouvé une fenêtre ouverte et j'ai grimpé en dedans. M. Martin marchait dans le couloir — il ne m'a pas vue — mais deux voleurs essayaient d'entrer dans le bureau. Ils ont frappé M. Martin à la tête et ils se sont sauvés. La porte a pris feu parce qu'ils s'étaient servis de cette torche-là. (J'ai pointé du doigt vers la torche par terre.)

On a alors entendu la sirène de l'ambulance. Maman a dit:

— Vous me raconterez le reste plus tard. Va leur ouvrir.

J'ai couru leur ouvrir, et deux ambulanciers sont entrés en courant, portant une civière. Ils se sont agenouillés à côté de M. Martin et ils l'ont examiné. Maman leur a parlé, mais je n'ai pas pu entendre ce qu'elle

154

disait. L'ambulancière a attaché un petit bandage autour de la tête de M. Martin. Il a bougé et ouvert les yeux.

— Jennifer! (Il paraissait sonné et parlait comme s'il avait été soûl. Il nous a regardées.)

— Janet? Nathalie? Que se passe-t-il?

Maman lui a serré la main.

— Tout va bien aller, lui a-t-elle dit.

Une voiture de police est arrivée ensuite, feux hurlants, suivie de celle de M. Stanley. Les deux constables et M. Stanley ont remonté le trottoir ensemble. Janet et moi, on s'est regardées sans rien dire. Maman a poussé la porte et ils sont entrés.

M. Stanley paraissait inquiet.

— Madame Webster, comment va M. Martin?

Il s'est précipité vers celui-ci qui était toujours étendu par terre, et a échangé quelques mots avec l'ambulancier. Un des constables a parlé aussi à M. Martin, et ensuite les ambulanciers ont mis M. Martin sur la civière et l'ont recouvert avec une couverture. Janet a tenu la porte ouverte pendant qu'ils le transportaient à l'ambulance. On les a regardés repartir, par la vitre de la porte, leur phare allumé tournant sur le toit, mais sans que la sirène crie. M. Stanley s'est tourné vers maman.

— Madame Webster, Janet et Nathalie, a-t-il dit, allons dans le bureau. Seigneur! Qu'est-ce qui est arrivé à la porte?

— Il vaudrait mieux ne pas toucher la porte, dit un des constables. On pourrait détruire des indices. Pourrions-nous aller ailleurs?

— Certainement, allons à la salle des professeurs, a répondu M. Stanley en se tournant vers maman. Vous m'avez dit au téléphone qu'il y avait eu effraction, mais je ne savais pas qu'il y avait aussi eu un incendie.

— Les cambrioleurs n'étaient pas très malins, dit le deuxième constable. Cette petite torche n'aurait jamais pu venir à bout de cette serrure-là.

Janet et moi avons alors suivi M. Stanley, les deux constables et maman dans la salle des profs. Nous sommes entrés, et tout le monde s'est assis, sauf Janet et moi, jusqu'à ce que maman nous montre un canapé dans le coin. M. Stanley nous a présentées, maman, Janet et moi, aux policiers, les constables Jones et Watford. Le constable Jones a sorti un calepin et un stylo, a regardé maman et il a demandé:

— Pouvez-vous nous dire ce qui s'est passé exactement, madame?

Maman lui a expliqué que M. Martin était entré dans l'école pour chercher des copies d'examens qu'il voulait corriger pendant le week-end, la laissant dans sa voiture (à elle) à l'attendre. Le constable lui a demandé l'heure à laquelle cela s'était passé. Elle le lui a dit, puis elle a continué:

— J'ai attendu pendant ce qui m'a paru un long moment, puis je suis venue à la porte voir ce qui le retenait. C'est alors que j'ai vu Nathalie et Janet et beaucoup de fumée. (Tous les yeux se sont tournés vers nous, et je me suis sentie très nerveuse.) Ma fille Nathalie m'a fait entrer. Elle m'a dit que deux voleurs avaient frappé M. Martin à la tête et causé l'incendie. Les deux filles venaient de l'éteindre quand elles m'ont fait entrer. J'ai trouvé M. Martin étendu sur le plancher. J'ai appelé l'ambulance, et ensuite vous, M. Stanley.

— O.K., a dit le constable Jones. Maintenant, Nathalie et Janet, voulez-vous, s'il vous plaît, me décrire ce qui s'est passé?

J'ai regardé Janet, j'ai pris une grande respiration, et j'ai dit:

— Nous étions dehors, et nous avons vu une fenêtre ouverte. J'ai grimpé en dedans et j'ai vu les voleurs. Ensuite M. Martin est entré par la porte de côté et il les a vus à son tour. Ils se sont battus et M. Martin s'est fait frapper sur la tête. Ensuite les voleurs se sont sauvés et la porte a pris feu — oh, je regrette beaucoup pour le mur et le tableau d'honneur, M. Stanley! On a un peu abîmé les choses en éteignant le feu.

— Prends ton temps, ne t'énerve pas, m'a dit le constable Jones. Par où es-tu entrée?

Je leur ai parlé de la fenêtre dans la classe de Mme Sylvester.

— La prochaine fois que tu trouveras une fenêtre ouverte, appelle-nous d'abord, m'avertit le constable Watford. Tu aurais pu être grièvement blessée.

— Et où étais-tu quand M. Martin s'est fait frapper? a poursuivi le constable Jones.

— Plus loin dans le couloir.

— Peux-tu nous montrer où? a demandé le constable Watford. (Le constable Jones a hoché la tête.)

Nous avons tous marché dans le couloir, et quand nous sommes arrivés au casier renversé par terre, M. Stanley a dit:

— On remplace présentement ces vieux casiers. Ils n'ont sans doute pas eu le temps d'emporter celui-ci encore.

J'ai dit aux policiers que je m'étais cachée près des casiers puis que je m'étais réfugiée dans l'un d'entre eux et que les voleurs avaient claqué la porte — avec moi en dedans — quand ils étaient passés en courant.

— Il est tombé à la renverse pendant que j'essayais de sortir, leur ai-je expliqué. (Maman a failli s'évanouir quand je suis arrivée à cette partie-là.)

— T'es-tu fait mal? m'a-t-elle demandé, inquiète, en me regardant de près pour la première fois.

— Juste quelques égratignures et quelques bleus, lui ai-je répondu d'un air penaud. (Maman a poussé un soupir et a dit qu'elle m'examinerait mieux une fois à la maison.)

— Et où était Janet? poursuivit le constable Jones.

— Janet était restée dehors jusqu'à ce que les voleurs se soient sauvés. Ensuite, elle est venue m'aider à sortir du casier.

— Les as-tu bien vus? Pourrais-tu les décrire?

Le constable notait ce que je disais.

— Ils portaient des cagoules de ski, mais je pense que c'étaient des adolescents. Ils portaient aussi des jeans et des blousons en denim. C'est tout.

— Et tu ne les as pas vus du tout? a-t-il demandé à Janet.

— Non, a répondu Janet d'une drôle de voix. Je suis entrée après le départ des voleurs quand Nathalie m'a appelée.

Le constable Jones suçait le bout de son stylo.

— Alors tu es entrée parce que Nathalie avait besoin d'aide, c'est bien cela?

— Oui, a répondu Janet.

Le constable Jones a refermé son calepin, puis on est retournés à la salle des profs, et on s'est rassis. Le constable Jones est allé au téléphone, appeler le poste.

— Il y a une chose qui n'est pas claire, a dit le constable Watford. Pourquoi Nathalie et Janet étaient-elles à l'école? Étaient-elles avec vous, madame Webster?

— Je me posais la même question, dit M. Stanley en hochant la tête.

— Non, elles passaient par là. Voulez-vous me laisser cela entre les mains? a demandé maman. Je suis sûre qu'elles ne voulaient qu'aider, et elles sont un peu commotionnées.

J'ai jeté à maman un regard reconnaissant.

— Oui, bien entendu, a dit M. Stanley. Je suis surtout heureux que rien ne leur soit arrivé et qu'elles aient eu la présence d'esprit d'éteindre le feu; autrement l'école tout entière aurait pu brûler. Êtes-vous d'accord, messieurs les constables? Je pense que nous devrions laisser ces fillettes et madame

Webster rentrer à la maison, car il se fait tard.

Les constables Jones et Watford hochèrent la tête, et le constable Jones dit:

— Je pense bien que c'est tout ce dont nous avons besoin, mesdemoiselles et madame. Si vous vouliez nous laisser vos numéros de téléphone afin que nous puissions vous joindre, ensuite vous pourrez partir. Merci de votre aide!

On leur a dit au revoir. M. Stanley et les deux constables sont restés à l'école.

Maman nous a amenées à l'auto, sans dire mot avant que nous soyons montées à bord.

— Avant de rentrer, nous annonça-t-elle, je vais aller à l'hôpital voir comment va Éric. Ensuite, je m'attends à ce que vous me fournissiez une explication complète.

On a rien répondu tandis qu'elle roulait le long des quelques pâtés de maison qui nous séparaient de l'hôpital d'Elmwood. Elle s'est arrêtée devant.

— Attendez-moi ici, toutes les deux. Je ne resterai pas longtemps.

Elle descendit de voiture et ferma la portière.

— Quelle aventure! a dit Janet. Vas-tu parler à ta mère du poème?

— J'imagine que je vais être obligée, lui ai-je répondu.

— J'espère que tu l'as récupéré au moins. Étant donné qu'on s'est presque fait tuer pour l'avoir.

— Je l'ai, lui ai-je dit en tapotant mon blouson.

— Tiens, prends ça, a dit Janet. Tu peux en avoir besoin si on est obligées d'entrer de nouveau à l'école «par effraction».

Elle sortit le tournevis de son blouson et me le tendit.

— Janet! lui ai-je dit en perdant le souffle, je l'avais complètement oublié! Dieu merci, tu t'en es souvenu. On n'aurait pu expliquer ce que faisait un tournevis avec nos empreintes digitales sur les lieux du crime! Tu me sauves la vie.

Maman n'a pas mis longtemps à revenir.

— Il va vite se remettre, a-t-elle dit. Ce n'est qu'une légère commotion cérébrale.

J'ai vu ses yeux briller d'une larme. «Elle est amoureuse de lui», ai-je pensé. Je lui ai serré la main, et elle a serré la mienne en retour. Comme nous repartions, elle s'est écriée:

— Et Mme Stevenson dans tout cela? Qu'a-t-elle bien pu penser quand elle est allée à la maison, ce soir, et que vous n'y étiez pas? Elle va s'être affolée.

— Pas de problème, maman, on lui a laissé un mot.

— Tant mieux. Vous avez au moins eu la présence d'esprit de faire cela. Mais Dieu sait pourquoi vous êtes allées à l'école. Je n'ai pas le courage d'entendre vos explications ce soir, remettons cela à demain. J'ai eu assez d'excitation pour ce soir.

Le soulagement de maman, en apprenant que M. Martin allait s'en tirer, avait un peu atténué sa colère.

J'étais inquiète à l'idée de contrarier maman encore une fois. On venait d'arriver à la sortie de la ville, pas loin de l'école, quand j'ai dit:

— Excuse-moi, maman, mais on a oublié quelque chose près de l'école.

— Près de l'école! (Maman appliqué les freins violemment, prête à sortir de ses gonds.) Nathalie, a-t-elle gémi, pas le tracteur encore!

— Non, j'ai vite dit, ma bicyclette.

Maman a poussé un soupir de soulagement, et elle a dit:

— Aussi bien retourner la chercher. Il ne faut pas qu'elle se fasse voler.

Elle a repris le chemin de l'école et elle a mis ma bicyclette dans le coffre. La voiture de M. Stanley et celle des deux constables étaient toujours devant.

En arrivant à la maison, maman a dit:

— O.K., vous deux. Je vais nous faire un chocolat chaud, et ensuite, au lit! Vous devez être épuisées. Moi, je le suis en tout cas.

Elle a examiné tous mes bobos, et conclu qu'ils n'avaient pas l'air trop graves. Je sentais cependant que j'allais avoir de beaux bleus vert-violet du côté où j'étais tombée.

Alors que nous buvions notre chocolat chaud, assises à table, maman a dit:

— À propos, je vois que j'ai mal épelé le mot habitude dans ma note à madame Stevenson. Ç'aurait dû être h-a-bi-tu-de, et non pas a-bi-tu-de. (Elle souriait.)

— C'est parce que j'étais pressée. Excuse-moi, maman.

Plus tard, quand Janet et moi on a été couchées dans ma chambre, juste avant de nous endormir, Janet a dit:

— Tu veux me faire une faveur?

— C'est quoi?

— Si jamais tu tombes encore amoureuse, ne m'en dis rien!

— D'accord! ai-je répondu, en bâillant.

12

On a dormi jusqu'à dix heures, le lendemain matin. Et quand on s'est réveillées, maman était à la cuisine.

— O.K., mes petites dormeuses, qu'aimeriez-vous pour le petit déjeuner? Gaufres et bacon, ou crêpes et bacon?

— Gaufres et bacon, s'il te plaît, dis-je. O.K., Janet?

— Mmm, d'accord!

— J'ai appelé l'hôpital et M. Martin va de mieux en mieux, dit maman en mélangeant sa pâte à gaufres. Il doit sortir demain.

— Je suis contente! ai-je dit.

— Moi aussi! fit Janet.

— J'ai besoin de te parler, Nathalie. J'ai déjà téléphoné à ta mère, Janet, pour lui dire que j'allais te ramener à la maison après le dîner. J'espère que ça ne t'ennuiera pas; c'est que je voudrais avoir un tête-à-tête avec Nathalie. J'aurais dû déjà l'avoir. Tu comprends, n'est-ce-pas?

— Bien sûr, madame Webster, ne vous en faites pas, a répondu Janet. Je sais ce que vous voulez dire. (En disant cela, elle m'a regardée malicieusement.)

— O.K., mets la table, Nathalie, et mangeons, dit maman avec animation. Jus d'orange ou de pamplemousse?

En nous levant de table, nous avons écouté le dernier disque de Bruce Springsteen de Janet et regardé un peu la télé. On n'a pas beaucoup parlé de ce qui était arrivé, mais je me tracassais quand même sur la façon de m'y prendre pour expliquer les choses à maman.

— T'en fais pas, me dit Janet. Une personne capable de faire d'aussi bonnes gaufres est forcément quelqu'un de très gentil. (Elle en avait englouti quatre à elle seule.)

Après le dîner, nous avons été reconduire Janet chez elle. En sortant de la voiture, elle m'a murmuré:

— Bonne chance. Je t'appellerai ce soir.

Maman n'a pas ouvert la bouche pendant le retour.

— Je vais faire bouillir de l'eau pour le thé, dit-elle.(Elle paraissait, un peu nerveuse une fois chez nous.)

Le thé versé dans les tasses, maman m'a pris la main et m'a dit:

— J'ai une confession à te faire, ma chérie. Tu te rappelles les réunions que j'ai eues au sujet du terrain de jeux? Seulement quelques-unes s'y rapportaient. Tu vois, je suis aussi sortie avec Éric quelques fois. Je le trouve vraiment sympathique, mais je ne savais pas si tu comprendrais, étant donné qu'il est ton professeur. Je n'étais pas moi-même sûre de mes sentiments envers lui. Maintenant je le suis. (Elle s'est arrêtée de parler en me regardant dans les yeux.) Je pense que je suis amoureuse de lui, poursuivit-elle. J'espère que ça ne va pas te troubler. J'aurais dû t'en parler avant. Je n'ai pas été très honnête avec toi, j'imagine. Je suis désolée... J'aurais dû.

— C'est correct, maman. Je sais. Je comprends. Je sais ce que tu ressens.

— Vraiment? Oh! c'est merveilleux! dit-elle en me prenant dans ses bras.

— Mais moi aussi j'ai une confession à te faire, maman. Figure-toi que j'ai pensé que, moi aussi, j'étais amoureuse de M. Martin.

Je lui ai raconté au sujet du poème et comment nous étions allées à l'école pour le récupérer. Elle n'avait pas mentionné notre escapade de la veille. Elle semblait plus préoccupée de ma réaction à propos d'elle et de M. Martin.

Quand je me suis tue, elle m'a embrassée de nouveau, en disant:

— Nathalie, il est vraiment très gentil. Toutes les femmes pourraient tomber amoureuses de lui, mais j'espère que nous n'allons pas nous battre sur son compte. (Elle m'a souri et je lui ai rendu son sourire.)

— Non, maman, il est tout à toi. Je ne pense plus que ça a été vraiment sérieux de mon côté. Vois-tu, tu étais beaucoup plus inquiète que moi quand il a été blessé. J'ai vu la façon dont tu le regardais — je sais que tu l'aimes.

— Tu as eu ce qu'on appelle le béguin pour lui. Ça te passera, ma chérie.

Ce soir-là, Janet m'a appelée.

— Comment ça s'est passé? m'a-t-elle demandé.

— Très bien. Il faut croire que je ne suis pas amoureuse de M. Martin après tout, mais maman l'est! Ne dis rien aux autres à l'école. Tu m'as promis, rappelle-toi.

— Oui, je sais. C'est quand même une bonne chose que tu aies récupéré ton poème.

— Oui, lui ai-je menti.

Je n'avais en effet pas le courage de lui avouer que lorsque j'ai mis l'enveloppe contenant supposément mon poème dans le tiroir du bas de mon bureau, je me suis rendu compte que j'avais pris la mauvaise. Il y avait dans celle-ci un mot de la mère de Jason Hopkins, demandant à M. Martin d'excuser l'absence de son fils, due à un mauvais rhume. Mon poème était toujours dans le cahier de textes de M. Martin! Janet me tuerait si elle apprenait que nous avions fait tout ça pour rien.

13

Le lundi, M. Martin était de retour à l'école. Il est arrivé en retard, de sorte que nous étions déjà à nos pupitres. Il portait un petit bandage sur l'arrière de la tête, et des tas d'élèves ont voulu savoir ce qui lui était arrivé.

— Je me suis cogné, a-t-il dit, sans rien ajouter.

Il avait les yeux pétillants et il nous a regardées, Janet et moi, en disant cela. Ensuite, les élèves lui ont demandé s'il savait ce qui était arrivé à la porte du secrétariat. Tout le monde en parlait quand je suis arrivée à l'école.

— Il y a eu un petit incendie, rien de grave, a répondu M. Martin.

Il s'est mis à prendre les présences. Janet et moi, on s'est regardées sans rien dire. Je savais que Janet mourait d'envie d'en parler, mais je lui avais fait promettre de garder le secret.

Peu après le commencement de la classe, on a appelé M. Martin à l'intercom. Dès qu'il fut sorti, toute la classe s'est mise à parler de la porte. Jennifer Mason a prétendu avoir entendu dire que quelqu'un était entré dans l'école «par effraction», et avait tenté de mettre le feu, et que M. Martin avait sauvé l'école. Tout le monde parlait en même temps. Janet et moi, on a échangé un regard; un peu plus et elle rectifiait les dires de Jennifer, mais j'ai secoué la tête, en fronçant les sourcils.

De retour, M. Martin nous a dit que nous devions aller au bureau, Janet et moi.

— Tout va bien, ajouta-t-il en souriant gentiment.

On s'est regardées, Janet et moi, puis on est sorties ensemble dans le couloir.

— Maintenant quoi? demanda Janet. Penses-tu que c'est encore la police?

— J'espère bien que non! ai-je répondu.

C'était un reporter du *Clairon d'Elmwood*, et M. Stanley nous a présentées comme les deux filles qui avaient sauvé l'école.

— J'ai déjà expliqué à M. Pringle ce qui s'était produit dit-il, mais il aimerait vous poser une ou deux questions et prendre votre photo pour son journal.

Sur quoi, M. Pringle m'a dit:

— Il me semble que je vous ai déjà vue quelque part...

— Je ne pense pas, lui ai-je répondu, en secouant la tête.

Mais je me suis alors souvenu que j'avais noté son nom dans le *Clairon* lors du reportage sur les abeilles. J'ai espéré qu'il ne me replacerait pas, car il serait capable de reparler du désastre des abeilles. Je voulais oublier cet incident complètement.

Il ne se rappelait apparemment pas où il m'avait déjà vue parce qu'il s'est limité à quelques questions au sujet du feu. Des questions faciles, pas comme celles de la police: «Avez-vous eu peur? Que ressentez-vous maintenant?» Il nous a dit qu'il avait obtenu la plus grande partie des renseignements de M. Stanley. J'étais contente qu'il lui ait parlé en premier; ça nous évitait d'entrer dans les détails. M. Pringle nous a fait nous tenir côte à côte, et il a pris notre photo.

Quand on est retournées en classe, on s'est fait dévisager par tous les élèves, qui mouraient de curiosité. À la récré, M. Martin nous a demandé de rester quand tous les autres sont partis.

— Je voudrais vous remercier toutes les deux pour ce que vous avez fait. Vous m'avez probablement sauvé la vie.

Janet et moi, on l'a regardé en disant:

— Y a pas de quoi.

— En tout cas, merci encore. J'étais très heureux que vous soyez là!

Il n'a pas mentionné mon poème; j'étais pourtant sûre qu'il avait dû le lire. On est sorties après ça, et les copains nous ont demandé si on avait des problèmes ou quoi.

On a répondu non, mais Janet n'a pas pu s'empêcher de dire avec un petit sourire satisfait:

— Mais n'oubliez pas de lire le *Clairon* mercredi.

Au moment de rentrer à la maison, pendant que les autres prenaient leurs boîtes à lunch et leurs manteaux, M. Martin m'a dit doucement:

— Je pense que ceci t'appartient, Nathalie. Tu l'auras laissé sur mon pupitre.

C'était mon poème, et l'enveloppe était encore cachetée. Il ne l'avait pas lu!

Je l'ai remercié, en lui adressant un sourire reconnaissant. Je me suis alors dit que maman avait dû lui téléphoner.

En rentrant à la maison, maman avait une surprise pour moi:

— M. Stanley a téléphoné pour dire que la Commission scolaire allait vous faire une présentation toute spéciale, à Janet et à toi. Nous avons été invitées, ainsi que la mère de Janet, à dîner, vendredi midi.

À la sortie du *Clairon d'Elmwood* mercredi, la manchette à la une se lisait ainsi: «LE DÉSASTRE ÉCARTÉ — DES FILLETTES SAUVENT L'ÉCOLE.» Je n'étais pas sûre du sens du mot *écarté*, mais maman m'a dit que cela voulait dire *évité*. Il y avait une photo un peu brouillée de Janet et moi. L'article au-dessous disait que l'incendie à l'école avait apparemment été causé par des voleurs. Un professeur, M. Martin, avait surpris les deux bandits qui, en s'enfuyant, l'avaient frappé à la tête et rendu inconscient. Nous avions vu le feu, et grimpé à l'intérieur par la fenêtre que les voleurs avaient laissée ouverte. Nous avions trouvé M. Martin et éteint le feu. L'article poursuivait en disant que la Commission scolaire allait nous honorer lors d'une présentation spéciale vendredi.

Le lendemain, quelques élèves ont apporté l'article à l'école et, à nouveau, tout le monde s'est mis à nous poser un tas de questions. On n'a répondu qu'à celles qui faisaient notre affaire, et Janet a inventé une ou deux choses. En classe, M. Martin a admis son rôle dans l'incident et nous a félicitées pour le nôtre. Janet et moi avions la bouche fendue jusqu'aux oreilles, il va sans dire.

Kevin Windslow et Billy Pinchback étaient déçus. Ils disaient, en se lamentant:

— Vous auriez dû laisser brûler l'école! On vous aurait donné une récompense.

Je me suis contentée de leur tirer la langue.

14

Vendredi, à midi, maman et Mme
Sullivan sont passées nous prendre, Janet
et moi, à l'école, pour nous conduire au
bureau régional de la Commission scolaire.
Tous les membres de la Commission scolaire
y étaient, Mme Bompas en robe encore
plus courte qu'à l'accoutumée. Elle nous a
regardées avec un sourire radieux, et j'en ai
conclu qu'elle m'avait pardonné l'incident
des abeilles.

Nous sommes tous allés dîner au restau-
rant *King's Castle*. M. Martin et M. Stanley
sont arrivés peu après nous. M. Cranshaw
nous a dit de commander ce que nous
voulions au menu, alors Janet et moi, on a
choisi des doubles cheeseburgers.

M. Pringle, du *Clairon*, est entré avec son appareil-photo. M. Cranshaw s'est levé et a frappé son verre avec sa fourchette pour attirer l'attention de tous les convives. Il s'est éclairci la voix, a regardé la carte qu'il tenait à la main, et a commencé:

— Nous sommes ici pour honorer deux filles dont la présence d'esprit a permis de sauver une de nos écoles du désastre. Au nom du Conseil d'administration de la Commission scolaire d'Elmwood, j'ai le plaisir de présenter ces chèques à... (Il a regardé de nouveau sa carte) euh... Janet Sullivan, et... (Il a eu encore plus de mal à lire mon nom. Il a plissé les yeux vers la carte et, Mme Bompas, assise à côté de lui, le lui a soufflé. M. Cranshaw s'est penché vers elle pour saisir les mots, mais il n'a pas dû la comprendre clairement, car il a poursuivi...) Et à Napoli Webster.

Tout le monde a applaudi.

M. Pringle nous a photographiées une deuxième fois pour le *Clairon* tandis que Janet et moi serrions la main de M. Cranshaw qui nous présentait à chacune un chèque de cinquante dollars. J'ai été heureuse de voir mon nom épelé correctement sur le chèque; au moins ainsi, je n'aurais pas d'ennuis au moment de le toucher.

Après, Mme Bompas s'est levée:

— J'ai une annonce spéciale à vous faire, et je pense que c'est le bon moment, dit-elle, rayonnante. La plupart des intéressés se trouvent ici présents. Je suis donc heureuse de vous annoncer que la Commission scolaire a voté l'octroi de cinq mille dollars pour l'aménagement du nouveau terrain de jeux de l'École primaire d'Elmwood.

Maman a rougi de bonheur, Janet et moi avons poussé des cris de joie, et M. Martin et M. Stanley ont applaudi très fort.

Vers la fin du dîner, M. Cranshaw a regardé sa montre en disant:

— Vous allez arriver un peu en retard à l'école, mesdemoiselles, mais je suis sûr qu'en cette occasion, M. Stanley et M. Martin voudront bien vous excuser.

Il avait les yeux qui brillaient de malice et tout le monde l'a trouvé amusant. Quand nous nous sommes levées pour partir, tous sont venus nous serrer la main — enfin presque, car Mme Bompas, elle, a insisté pour nous prendre dans ses bras, nous pressant contre ses Dolly Parton avant qu'on ait réussi à lui échapper.

15

Je suis contente que les vacances de Noël soient enfin commencées. Il y a eu trop d'excitation ce dernier trimestre. M. Martin — que j'appelle toujours M. Martin à l'école — va venir pour le réveillon de Noël, et je suis aux anges. Je pense que maman et lui pourraient bien se marier l'été prochain, à la fin de l'année scolaire; et ça aussi, ça me rend heureuse. Ce que je veux dire, c'est que je suis heureuse que maman l'épouse, et aussi qu'ils attendent l'été. Ça aurait été un peu gênant d'aller au mariage de mon prof pendant un trimestre d'école, d'autant plus qu'il épouse ma mère.

Ils ont commencé les travaux sur le «terrain de jeux de maman» récemment. Ils les termineront au printemps, après la fonte des neiges.

J'ai toujours mon poème dans le tiroir du bas de ma commode. Je vais le garder. Après tout, c'est mon premier poème d'amour, et je le trouve pas mal. Et on ne sait jamais quand je pourrais en avoir besoin encore!

Il y a un nouveau qui est arrivé à l'école avant Noël, et Janet le trouve à son goût. Il s'appelle Frédéric Fortune. Janet m'a dit qu'il lui avait envoyé un billet doux, mais je ne l'ai pas vu. Elle m'a aussi dit qu'elle rêve à lui, alors ça pourrait être sérieux.

J'ai dit:

— C'est probablement juste un béguin...

FRANK

O'KEEFFE

Auteur et conteur, Frank O'Keeffe est aussi professeur suppléant. Né en Irlande, il vit aujourd'hui sur une terre près d'Edson (Alberta), où il pratique l'élevage du bétail. Il a enseigné la création littéraire au collège Lakeland, à Vermilion (Alberta), à l'*Academic Challenge Camp*, la colonie de vacances que cette institution met sur pied pour les étudiants doués, et enfin à l'intérieur du système d'enseignement public d'Edmonton. Depuis que ses livres sont publiés, il fait de nombreuses rencontres (conférences et ateliers) dans toute l'Alberta et ailleurs au Canada.

Michelle Robinson se spécialise dans la traduction du roman canadien. Elle a traduit des ouvrages de Margaret Laurence et de Rudy Wiebe. Sa traduction *Louis Riel: la fin d'un rêve,* de ce dernier auteur, lui a valu le prix du Conseil des Arts du Canada, en 1985. *Amour et petits poissons* est le quatrième ouvrage qu'elle traduit pour la collection Deux solitudes, jeunesse.

Lithographié au Canada
sur les presses de
Metrolitho inc. – Sherbrooke